El mayor monstruo

del mundo

Juan de la Cuesta
Hispanic Monographs

Series: *Ediciones críticas*, Nº 7

CALDERÓN DE LA BARCA

El mayor monstruo del mundo

Estudio y edición crítica
de
ÁNGEL J. VALBUENA-BRIONES
University of Delaware

Juan de la Cuesta
Newark, Delaware

La cubierta representa el teatro Antiguo del Príncipe en Madrid

270 Indian Road
Newark, Delaware 19711
(302) 453-8695
Fax: (302) 453-8601

MANUFACTURED IN THE UNITED STATES OF AMERICA

ISBN: 0-936388-74-9

A mi esposa Bárbara

INDICE

Introducción

I
La biografía de Pedro Calderón de la Barca

PEDRO CALDERÓN FUE un hombre inmerso en la vida relacionada con el teatro. Era de carácter reflexivo, orgulloso de su intelecto, hábil esgrimidor en las intrigas palaciegas y buen camarada de sus hermanos.

La familia de Calderón era de ascendencia montañesa. El abuelo paterno, Pedro Calderón, hijo de Diego Calderón, vecino de Boadilla del Camino, en Tierra de Campos (Palencia), se instaló en Toledo, en donde conoció a Isabel Ruiz con la que contraería matrimonio (h. 1570). Este don Pedro Calderón se instaló en Madrid y obtuvo el puesto de secretario del Consejo de Contaduría Mayor de Hacienda. Su hijo, Diego, le sucedió en el cargo hacia 1595. Don Diego se casó este año con Doña Ana María de Henao, hija de un Regidor de la Villa de Madrid. Don Diego y Doña Ana María tuvieron tres hijos varones y tres hembras. Estos fueron: Don Diego, el primogénito (Madrid, 1596); Dorotea (1598), que entró como novicia en el Convento de Santa Clara de Toledo en donde profesó en la orden franciscana; Pedro Calderón de la Barca, el dramaturgo, que nació el 17 de enero, día de San Antón, de 1600, en Madrid, y fue bautizado en la parroquia de San Martín; José (Valladolid, 1602), que fue un militar distinguido; y Antonia (Madrid, 1607), que murió siendo niña. En 1610 murió Doña Ana María de Henao como consecuencia de un
parto, así como la niña que había dado a luz.

Pedro Calderón estudió de 1608 a 1613 en el Colegio Imperial de los jesuitas y en 1614 ingresó en la Universidad de Alcalá de Henares, estudios que interrumpiría a consecuencia de la muerte de su padre. Don Diego Calderón había contraído segundas nupcias en 1614 con Doña Juana Freyle Caldera, de buena familia, pero de limitados recursos económicos. El Secretario de Hacienda murió poco después (1615) de una grave dolencia. Doña Juana Freyle pleiteó con sus entenados a causa de la herencia. Pedro Calderón de la Barca continuó los estudios en la Universidad de Salamanca de 1615 a 1619 de donde se licenció en Cánones.

El poeta Calderón abandonó la idea de hacerse sacerdote, que su familia había dispuesto, y se dedicó a la vida literaria. La vida bohemia de los Calderón se hace patente alrededor de un hecho ocurrido en el verano de 1621. Los hermanos Calderón dieron muerte a Nicolás Velasco, hijo de un criado de don Bernardino Fernández de Velasco, Condestable de Castilla. Se estipuló un concierto de compensación a favor del padre del muerto. Las condiciones económicas de los jóvenes Calderón llegaron a un estado crítico y tuvo que venderse el oficio de secretario del Consejo de Hacienda para pagar las deudas.

El año de 1622 trajo a don Pedro contactos intelectuales de valía. Hubo un gran certamen literario para celebrar las fiestas del patrón madrileño, cuyo mantenedor fue Lope de Vega. Calderón participó con varias composiciones poéticas en honor de San Isidro y Sta. Teresa, así como con unos suntuosos tercetos dedicados a Felipe IV. Diego, el hermano mayor, se casó ese año con una dama de adinerada familia. Pedro Calderón estrenó en Palacio *Amor, honor y poder* (1623), y poco después *Judas Macabeo* en el Salón de Comedias (1623).

La carrera del dramaturgo adquirió un rápido incremento. El escritor comenzó a colaborar con los dirigentes del gobierno del Conde-Duque de Olivares. La representación de *El sitio de Bredá*, acaecida antes del 5 de noviembre de 1625 en el Salón Grande del Alcázar para celebrar el cerco y toma de la ciudad fortificada por las tropas de Ambrosio de Spínola (el 5 de junio de 1625), señala la estima de los miembros importantes de esa sociedad. *La cisma de Ingalaterra* se puso en Palacio por la compañía de Andrés Vega en 1627. *Hombre pobre todo es trazas* es de 1628, lo mismo que *El purgatorio de San Patricio*. A principios de 1629, Diego y

Pedro Calderón participaron en una reyerta en la calle de Cantarranas (hoy Lope de Vega) en la que el cómico Pedro de Villegas hirió a Diego. El dramaturgo, con otros parientes y amigos, ayudado por la justicia, persiguió al delincuente y entraron en el convento de las Trinitarias en donde era monja profesa sor Marcela, hija de Lope de Vega. Este insigne poeta se quejó de las molestias causadas en el registro del convento en una carta al duque de Sessa. Fray Hortensio Paravicino aludió también al incidente en un sermón ante sus majestades. Calderón, en represalia, se burló de la retórica exagerada del predicador en unos versos cómicos del gracioso en *El príncipe constante*, pieza que llevó a las tablas el 20 de abril de 1629.

La producción teatral de Calderón siguió su curso fecundo. *La dama duende* y *Casa con dos puertas, mala es de guardar* son de 1629. *Peor está que estaba* y *La puente de Mantible* de 1630, y Lope de Vega elogió el estilo poético de Calderón en *El laurel de Apolo* (1630).

Harry Hilborn hizo un comentario, según el cual *El mayor monstruo del mundo* podría haberse escrito en 1633; tal vez la fecha pudiera adelantarse hasta 1631. Fue incluida en la *Segunda Parte de las Comedias* del dramaturgo madrileño en la que se compilaron obras de los años veinte.

El palacio y los jardines del Buen Retiro se construyeron bajo la atención de su alcaide, el Conde-Duque de Olivares. Los trabajos de construcción se iniciaron en 1630 y duraron varios años. Ya en junio de 1633 estaban muy adelantadas. Se hizo una inauguración oficial en el diciembre de 1633. Calderón estrenó en 1634 un auto sacramental con el título de *El nuevo palacio del Retiro* en el que celebró el evento. En 1635, con la ayuda de Cosme Lotti como escenógrafo, Calderón representó junto al estanque *El mayor encanto, amor*, fiesta que obtuvo singular éxito. Probablemente es también de la misma fecha el famoso auto *El gran teatro del mundo*.

Calderón escogió doce de sus obras importantes (*La vida es sueño, El príncipe constante, La dama duende, La devoción de la cruz*...) y las publicó en Madrid en 1636 en la colección *Primera parte de Comedias*, al cuidado de su hermano José y que fueron dedicadas a don Bernardino Fernández de Velasco, Condestable de Castilla. *La Segunda parte de las Comedias* apareció al año siguiente, recogidas por don José, y dedicadas a don Rodrigo de Mendoza Rojas y Sandoval, Duque del Infantado. Entre ellas figuran: *El médico de su honra, A secreto agravio, secreta venganza, El mayor monstruo del mundo, Los tres mayores prodigios*... El escritor había solicitado un hábito de Santiago, el cual se le concedió por ejecutoria papal el 28 de abril de 1637. El escudo de los Calderón de la Barca consistía en cinco calderones negros con pendones rojos en campo de plata y por orla aspas de oro en campo rojo, y llevaba como lema el mote "Por la fe moriré (Gándara, "Armas de la casa de Calderón y su origen," fols 4 y ss.). José Calderón participó en el socorro dirigido por don Juan Alonso Enríquez de Cabrera, Almirante de Castilla, para levantar el sitio de Fuenterrabía en 1638, impuesto por las tropas francesas. Don Pedro escribió un *Panegírico* del hecho de armas e hizo alusión al hecho bélico en su comedia *No hay cosa como callar*.

Don Pedro participó en la guerra de Cataluña que amenazaba gravemente la unidad nacional. Fue herido en una mano cerca de Vilaseca y entró en Tarragona con las fuerzas victoriosas. La ofensiva española fue detenida y Calderón se trasladó a Madrid en donde informó al Conde-Duque de la marcha de los acontecimientos. Asistió luego a la campaña de Lérida, pero resintiéndose de la salud, pidió licencia, retiro que se le otorgó en noviembre de 1642. Como consecuencia de los problemas en la dirección del gobierno, el Conde-Duque de Olivares tuvo que presentar la dimisión en enero de 1643. Al año siguiente falleció la reina, Doña Isabel. Y en 1645 murió don José Calderón, que ostentaba ya el empleo de Maestre de Campo, en la defensa del puente de Camarasa sobre el río Segre. D. Pedro Calderón pasó a servir a don Fernando Alvarez de Toledo, fijando su residencia en el Castillo-palacio de Alba de Tormes en 1646. Poco después fallecía su hermano Diego en 1647. Volvió a Madrid con motivo de las bodas de Felipe IV con Mariana de Austria, y escribió una *Relación* de la llegada de la joven reina (*Noticia del recibimiento y entrada*..., 1649) que apareció impresa bajo el nombre de un consejero de la Cámara de Castilla (D. L. R. de Prado).

Don Pedro Calderón decidió hacerse sacerdote, y tras haber ingresado en la orden tercera de San Francisco, se le autorizó por real cédula "ordenarse de misa y andar con el hábito de sacerdote en forma ordinaria" (18 de septiembre de 1651). Desde ese momento el escritor limitaría su producción teatral a las fiestas para la corte y a los autos sacramentales que celebraban el *Corpus*.

El dramaturgo estrenó la fiesta *La fiera, el rayo y la piedra* en 1652, y, al año siguiente *Fortunas de Andrómeda y Perseo*, ambas con escenografía de Baccio del Bianco. El 13 de noviembre de 1653 se representó la primera parte de *La hija del aire*. Ese año había solicitado, y obtenido por cédula real, el puesto de canónigo en la Capilla de los Reyes Nuevos de Toledo.

Don Gaspar Haro de Guzmán, Marqués de Heliche, se había encargado del entretenimiento de la Corte, organizando comidas, partidas de caza y fiestas teatrales. Calderón colaboró con la zarzuela *El golfo de las sirenas* (1657), y con la ópera *La púrpura de la rosa* (1660), esta última en conmemoración del casamiento de la infanta María Teresa con Luis XIV de Francia. La fiesta *Eco y Narciso* se puso en el Palacio del Retiro en 1661 con motivo del décimo cumpleaños de la princesa Margarita. De este año es el poema "Exhortación panegírica al silencio," motivado por el apóstrofe "Psalle et sile" que adornaba la reja del coro de la Catedral de Toledo.

Calderón escribió *El Faetonte*, o sea *El hijo del sol, Faetón*, pero la presentación tuvo que posponerse porque se descubrió el intento de destruir el teatro con explosivos. El Marqués de Heliche había organizado el delincuente plan porque el rey había decidido encargar los entretenimientos de la Corte al Duque Medina de las Torres, y el marqués no quería que éste utilizara las tramoyas preparadas bajo su dirección. La obra se llevó a las tablas el primero de marzo de 1662.

En 1666 estaba ya instalado definitivamente en Madrid como capellán de honor. Durante el gobierno de la regente Mariana de Austria, tras la muerte de Felipe IV (1665), escribió *Fieras afemina amor* para celebrar el cumpleaños de la reina (1669), la cual se representó en enero de 1670, y *La estatua de Prometeo,* compuesta h. 1674.

Durante el reinado de Carlos II, el dramaturgo contribuyó con reestrenos de obras suyas anteriores, y siguió escribiendo otras originales. *Ni amor se libra de amor* se estrenó el 3 de diciembre de 1679 con ocasión de la llegada de la reina María Luisa de Orleans a Madrid. Su última contribución al género de la fiesta fue *Hado y divisa de Leónido y Marfisa,* que se puso para Carnestolendas en 1680, con escenografía de José Caudí.

Calderón estaba trabajando en el segundo auto para el Corpus de 1681, *La divina Filotea,* cuando le sorprendió la muerte. Fue enterrado en la capilla de San José de la iglesia de San Salvador de Madrid.

II
El tratamiento psicológico en *El mayor monstruo del mundo*

PEDRO CALDERÓN SE PROPUSO la elaboración de una acción dramática en la que los personajes lograban vida ante el problema de la decisión de la conducta. Sobre ellos pesa la fuerza de la tradición, las equívocas leyes de honor, el egocentrismo de la personalidad, un entendimiento de la justicia "pro domo sua" y unas circunstancias, apoyadas por los *acasos* que precipitan al individuo en una turbamulta de sentimientos y pasiones que pueden terminar destruyéndole. El dramaturgo se distancia de sus títeres. Por eso, constituye un desacierto el identificar su problemática con las condiciones de la vida real del autor como se ha tratado de hacerlo con insistencia, aunque ciertos rasgos pueden subconscientemente haberse inspirado en las relaciones familiares biográficas.

Calderón acudió a diversas fuentes para inspirarse en sus conflictos. Buen observador de las costumbres de su medio, tomó nota de ellas, e infundió a sus creaciones un pulso vital, a más de una simbología, que las hizo por ello modernas. Su obra ha dejado huella en el teatro romántico, realista y de la primera parte del siglo XX, y su influencia continúa todavía hoy, a pesar de los cambios de gusto y de la subversión de los valores.

El mayor monstruo del mundo, redactado en el período de gran creación calderoniana, es un caso representativo de su dramaturgia. Pedro Calderón tuvo en cuenta los dos relatos del historiógrafo judío Flavio Josefo. Lodovico Dolce había compuesto una tragedia intitulada *Marianna* (1565), elogiada por Marvin T. Herrick, que el español no utilizó. Este, empero, con una extrarodinaria originalidad, señalada por María Rosa Lida de Malkiel (74), compuso una nueva tragedia. Construyó un nudo dramático, en unas coordenadas psicológicas convincentes, que puede ser analizado bajo la lente de teorías contemporáneas. El juego de dependencias lo preparó sobre la relación de los esposos, Herodes y Mariene (Mariamne), ante cuya felicidad se yergue la figura del César Otaviano. Presentó el deterioro del matrimonio y reelaboró el final de la historia con importantes modificaciones. La imaginación innovadora cambió sucesos, lugares, y personalidades de acuerdo con sus intereses artísticos. Especialmente la figura dramática de Otaviano (Octaviano Augusto) recibió un tratamiento anacrónico y prerromántico. Calderón prescindió del episodio, popularizado por San Mateo, de la degollación de los Santos Inocentes (M2: 1-18), sobre el que Arcimboldo se basó para el retrato del monarca judío. Tampoco tuvo en cuenta *La vida y muerte de Herodes*, drama de Tirso de Molina, que conoció después de haber escrito su pieza, y que culmina con la famosa matanza.

La acción comienza en el ápice de la carrera del rey idumeo. Su poder es patente y tiene esperanzas de llegar a coronarse en Roma, aprovechándose de las rivalidades intestinas entre Marco Antonio y Otaviano. Apoya al primero, pero éste es derrotado en Accio. Había emprendido una política de "doble estilo" (MMM 36). Había fingido amistad y lealtad a Marco Antonio, ayudándole en la guerra civil, con la intención de que ambos príncipes se destruyeran entre sí. Pensaba obtener el cetro romano y hacer emperatriz a su esposa, a la que ama apasionadamente.

El conflicto se esboza en los primeros parlamentos de Mariene, la cual, ante la tensión creada por los acontecimientos, ha ido a consultar a un mago, el cual ha interpretado el horóscopo de ambos cónyuges. Ha vaticinado que ella "sería trofeo injusto... de un monstruo" (118-119) y que el puñal del Tetrarca dará muerte a lo que éste más amare (123).

La consorte ha caído en un estado de abatimiento, lo que ha producido en Herodes un inicio de celos ("a celos me ocasionan tus desvelos" 65).

En una terminología junguiana se va a desarrollar una interacción entre un tipo extravertido, el Tetrarca, y uno introvertido, Mariene. Herodes se esfuerza, en un primer optimismo, dictado por su idiosincrasia, en superar los obstáculos que se oponen a sus designios. Le guía una obsesión de poder, y su conducta se vierte hacia afuera. La confianza extrema en la superioridad intelectiva constituye la *hubris* que causará su caída.

Carl G. Jung explica que el extravertido enjuicia la realidad objetiva y acciona inmediatamente según le dicte la razón (Jung PT 333). Lo contrario ocurre con el introvertido, el cual establece su comportamiento de acuerdo con sus reacciones subjetivas:

> Aunque la conciencia introvertida está alerta evidentemente de las condiciones externas, aquélla selecciona los determinantes subjetivos como los decisivos (Jung PT 373-374).

Mariene entra dentro de esta taxonomía. Su ensimismamiento ante el temor producido por el vaticinio la sumerge en un estado melancólico y reemplaza la reflexión con profundas obsesiones.

Tanto Herodes como su esposa exhiben un orgullo de casta. Ambos ejercen dos posturas ante el enigma del sino. El monarca intenta dominar los acontecimientos, mientras que su esposa reacciona emocionalmente y se encierra en sí misma.

La pareja regia ha concebido el reino de Judea como un espacio edénico, en el que los valores materiales les han desviado de la guía espiritual necesaria para una auténtica felicidad. Puede decirse que en Mariene se halla una reminiscencia de la Eva arquetípica, tentada por la serpiente para que coma del árbol del Bien y del Mal (*Génesis* 3). La curiosidad de la bella dama, despertada por la *ansiedad* ante lo que el futuro les depara, excitó su desasosiego psíquico. La predicción altera la armonía conyugal e inicia un caso de adversa fortuna. En vano, quiere disipar su hipocondría con la contemplación del mar. Una combinación de imágenes manifiesta la confusión caótica de sus emociones; y ni el aire fragante, ni las fuentes, ni la luz, ni el mar profundo, ni las aves y flores templan la inquietante aflicción. El anuncio de la muerte sume a la consorte en una depresión ante un "sol negro," como diría Julia Kristeva, que ofusca los sueños felices.

Los introvertidos son—dice Jung—primordialmente

silenciosos, inaccesibles, difíciles de entender, frecuentemente se esconden detrás de una máscara infantil, o banal y su temperamento se inclina a la melancolía (PT 389).

El recelo aumenta ante el "puñal sangriento" (208), el *icono* que, paradójicamente, ciñe el Tetrarca. Este artefacto guarda relación con la daga ceremonial que servía para realizar los sacrificios humanos a los dioses. Conviene indicar aquí que tanto Herodes como Mariene viven en un ámbito pagano de bienes materiales (poder, belleza, riqueza, placer), y que, una vez quebrantado éste, se sumergen en un laberinto sin norte del que no sabrán escaparse. El rey de Judea cree, como un romano, en los campos Elíseos (1600), y su consorte, que adora a los dioses gentiles (2622), formula la idea de que todo muere (2579-2585), concepciones de pensamiento en las que no entra la luz del espíritu trascendente.

El protagonista masculino es, empero, un fruto del postrenacimiento, y no del mundo clásico griego, y refleja, en parte, en una posición híbrida, la idea del libre albedrío, expuesta en las teorías de Molina y Suárez, por las que el hombre (con la ayuda de la Gracia) puede escoger su destino según su conducta. Herodes se opone al vaticinio del mago, aceptado por Mariene, y califica la astrología judiciaria como una ciencia que "yerra" (141) y "miente" (143).

Su postura es similar a la mantenida por Juan de Horozco en el *Tratado de la verdadera y falsa astrología*, 1588. Según esta autoridad, los estudios astrológicos pueden explicar el tipo de persona que se es, en cuanto a la composición de los humores, y así preveer las *inclinaciones* del ser humano; pero cabe vencer estas "con el saber y la discreción" (fols. 132-133), ya que no coercen el espíritu, creado en la libertad. El optimismo extravertido del monarca idumeo le lleva a querer triunfar de las estrellas (226-227), y, con este propósito, arroja por un ventanal el cuchillo al mar. Esto no pasa de un gesto aparatoso, que no tiene virtud, puesto que el complejo personaje no sabe salir de su cosmovisión materialista que teje su sino trágico. No es de extrañar, entonces, que las aguas no acepten el "acero bruñido" (804), y que tal rechazo ocurra en prodigiosas circunstancias. La daga vuelve al poder del Tetrarca al tiempo que recibe las malas noticias de la derrota de sus aliados, Marco Antonio y Cleopatra, en Accio (31 a. J.).

Roger C. Schank ha indicado que la forma más eficaz de comunicación se realiza por medio de historias. Cada cultura, como ha teorizado Mircea Eliade, se apoya sobre narraciones que contienen funciones icónicas, que se remontan originalmente a los albores de la humanidad. Por su parte, Carl G. Jung ha comentado que el subconsciente se expresa por medio de imágenes que reflejan las inquietudes y miedos de la psique, y que cada grupo cultural repite una serie de aquellas que dan cuerpo a lo que denomina el *inconsciente colectivo*, el cual se revela en los sueños y en las obras de ficción. Calderón elabora su drama trágico dentro de una tradición cultural que espejea el subconsciente hispánico y utiliza la proyección icónica para enriquecer los caracteres literarios de su teatro. Concibe a Herodes y Mariene como dos aspectos de la psique humana (*extraversión* e *introversión*) que se interrelacionan entre sí en unas actitudes extremas que perfilan lo patológico. En torno a ello, resalta los símbolos del puñal y del mar con sus connotaciones respectivas de destino y muerte, con lo que estimula la reacción del espectador.

La daga del Tetrarca, ese "funesto puñal, monstruo acerado" (237-238) viene a representar la fuerza de la fatalidad contra la que se ve impotente su dueño. Encierra una compleja gama de significados subordinados (muerte, traición, y destino). El arrogante judío trata infructuosamente de domeñar la realidad objetiva que le amenaza. En vano, pronuncia sentencias como "no tengo miedo a las adversidades" (405-406), y "al magnánimo varón no hay prodigio que le espante" (413-414). Declara, empero, que le ciega la pasión del amor ("que cuando amor no es locura, no es amor" 447-448) y que teme el triunfo del César. El puñal adquiere, debido a la fuerza emblemática, casi vida propia al señalar el rumbo de la catástrofe. En un plano interpretativo sugiere un mundo predeterminado, entre signos y agüeros, que ha sido relacionado exageradamente con las tragedias de Esquilo por Ch. Aubrun y A. Parker.

> El agua es y ha sido siempre—dice Hilda Bernal Labrada—fecundo tema de inspiración para poetas, escritores y artistas" (79).

El agua—explica Pérez Rioja—es símbolo "de la maternidad" y "del inconsciente." Según algunos psicoanalistas *soñar con el agua* significa lo "materno, femenino, intrauterino" (Pérez Rioja 49). Con respecto al mar, este es "un símbolo de la inmensidad" al que "se considera como principio y final de la vida, donde ésta se renueva y purifica," y según Jung, lo es del *inconsciente colectivo,* "porque bajo su superficie espejeante, oculta insospechadas profundidades" (Pérez Rioja 287).

Juan Eduardo Cirlot insiste en esta plurivalencia significativa y especifica que analógicamente es "un agente transitivo y mediador," "entre la vida y la muerte" (310).

Calderón presenta a Mariene contemplando el Mediterráneo ante la incertidumbre del porvenir. Este *volver al mar* puede entenderse como un "retornar a la madre," es decir, como el anhelo de encontrar refugio y seguridad. El poeta español elabora el tópico sobre una serie de metáforas ("campo de yelo," "orbe de cristal," "sepulcro," 235-236, 237), que apuntan, como ha sugerido Suscavage, a la idea de la muerte (93), en donde terminan las adversidades de la fortuna. El puñal y el mar, entre una variada gama de imágenes, analizadas por William Blue, subrayan el sentido trágico de la pieza.

El dramaturgo sigue el famoso consejo de Lope de Vega:

> Lo trágico y lo cómico mezclado,
> y Terencio con Séneca, aunque sea
> como otro Minotauro de Pasife,
> harán grave una parte, otra ridícula,
> que aquesta variedad deleita mucho;
> buen ejemplo nos da naturaleza,
> que por tal variedad tiene belleza (*Arte* 174-180).

Esta idea estructural, que había tenido un hábil defensor en Giambattista Guarini (*Il compendio della poesia tragicomica*, 1601), posee en *El mayor monstruo...* una proyección técnica de *claroscuro*, barroca, con su alternancia de intensidad trágica y de alivio cómico. Calderón recurrió al *enredo*, propio de las comedias de capa y espada, con su clave de la confusión de identidades, en torno a la figura del gracioso. Este, para satisfacer a su amo, y también por deseos de prosperar en la escala social, se hace pasar por Aristóbolo. Tal admisión perturba la percepción del César. Da pie para que Aristóbolo, en el papel de criado de Malacuca, al observar el interés de Otaviano por el retrato de Mariene, invente la patraña de que pertenece a una beldad muerta. El romano ha descubierto las intenciones políticas que tenía Herodes contra su persona. Ordena, entonces, a un Capitán que le traiga al monarca judío a su presencia para que éste justifique la administración del reino de Judea. El Tetrarca opta no por la huida sino por la voluntaria audiencia con el triunfador. Nuevamente trata de resolver su situación.

La función del cuchillo es la de cortar, dividir, separar, penetrar, irrumpir, rasgar, herir, matar, como especifica la *Enciclopedia de la Religión*, editada por Mircea Eliade. En esta línea interpretativa va a convertirse en el instrumento que divide la unidad matrimonial de los monarcas judíos. Este efecto tiene lugar en la jornada segunda. Herodes, en la entrevista con el César, al que ha acudido a rendir hipócritamente pleitesía ("Invicto Otaviano, cuyo / nombre en láminas eternas, / el tiempo escriba..." 1207-1209), descubre el retrato de su mujer en la mano del enemigo. Le acomete para asesinarlo en un arrebato de celos cuando se vuelve; pero la daga fatídica se clava en el retrato grande de Mariene que, inestable sobre la puerta, cae y se interpone entre los dos hombres. El acto fallido posee un valor simbólico, pues anuncia el suceso cruento que produce el desenlace. Encerrado en la torre por el delito, decide la muerte de su cónyuge ("Muero yo, y muera sabiendo / que Marïene gallarda / muere conmigo..." 1651-1653), y revela, a su hombre de confianza, Filipo, los celos que le embargan.

Tal decisión constituye la equivocación—tipo de

hamartia—del personaje. La cruel resolución va en contra de las creencias cristianas y judías, aunque responda a una tradición primitiva por la que la esposa de un importante jefe debía acompañar a su marido en el último viaje. Herodes ha pasado a una zona psíquica de brutalidad truculenta sin el equilibrio de la función del *ego*. Los deseos y los instintos encarcelados en el inconsciente surgen sin obstáculo. Jung ha explicado que, en estos casos, la frustración del individuo puede encauzar una fuerza destructora (Jung PT 339).

Cuando Mariene descubre por *acaso* la orden escrita y secreta, la inhibición melancólica, que la había postrado, se torna en la concienciación de que el monarca ha dejado de ser el defensor suyo, el marido fiel que iba a poner a sus pies riqueza y poder, la *otredad* a la que aspiraron juntos. La figura de Herodes se ha transformado a sus ojos en el conductor de una energía negativa que atenta contra la entidad misma de su existencia. La bella dama pronuncia entonces un soliloquio en romance ("¡Oh infelice una y mil veces..." 2030) en el que explaya su perturbado sentimiento ante la ingratitud de su marido, precisamente cuando ella había enviado a su hermano Aristóbolo para rescatar a Herodes de su prisión, y había costeado la expedición. Expuestas sus lamentaciones, admite la ruptura de su mundo íntimo. "La emoción—como dice Jung—es como un fuego de alquimia, cuyo calor provoca todas las acciones," y es—añade—"la fuente fundamental de concienciación" (ACU 96).

Se observa, en la complicación de la *epítasis*, una subjetivación en la actitud del extravertido y una objetivación en la del introvertido, como resultado del proceso psíquico.

En la jornada tercera, Mariene acepta la *máscara*, impuesta por la presión externa social. Acude a la tienda de Otaviano, a la cabeza de un cortejo de damas enlutadas, pidiendo el perdón de su esposo ("Inclito César, cuya heroica fama."..2173). Apela a la magnanimidad del vencedor. Otaviano contempla por vez primera a la beldad de la que se había enamorado y accede a sus deseos. Repone a Herodes en su cargo, con lo que se crea una *peripecia* en el curso de la acción, debido a la posibilidad de un final feliz de la historia. Las cosas, empero, no van a resolverse, puesto que, a continuación, toma lugar el enfrentamiento a solas de los cónyuges. Mariene le comunica al marido la *sombra* de la personalidad de éste. Achaca esta proyección perversa a las raíces oscuras del origen idumeo ("que dice bien, el que dice / que eres bajo y afrentoso..." 2531-2532), y termina declarándole que ella se recogerá en su gineceo como viuda, rotos los lazos matrimoniales, y que no tendrá acceso a las habitaciones de su retiro. La dama ha transformado el amor en odio. La doble conducta, *externa* / pública e *interna* / secreta, fractura el *ego* del personaje y la embarga en una tensión, ansiedad y melancolía, que la sumergen en una crisis.

Por su parte, en el caso de Herodes, el síndrome clínico desemboca en lo patológico. El orgullo y el egocentrismo le impiden su recto juicio, y la sociedad primitiva y patriarcal a la que pertenece favorece su caída. Este varón, arrastrado por la pasión de los celos ("bien lo merecen mis celos..." 2655), se empecina en la equivocación que lo conduce a la catástrofe ("porque ella, en fin, no ha de ser / ni vivo, ni muerto yo / de otro nuevo dueño" 2673-2675). La energía subjetiva le lleva a reafirmar la tiranía conyugal, y proclama unos valores intransigentes y crueles, que le precipitan en una fase nerviosa. Jung afirma que, en los ejemplos más extremos de la fractura de la personalidad, la depresión "termina en el suicidio" (PT 340).

La última determinación de Herodes se prepara cuidadosamente en la acción dramática, y el hado se manifiesta con terrible poderío, desvistiendo al protagonista de todo interés en un mundo hostil que le priva de su aspiración a la felicidad. Veamos el curso de los acontecimientos. El Tetrarca quiere reanudar su vida sexual y entra furtivamente en los aposentos de Mariene. Observa con rabia las ropas mujeriles esparcidas por el suelo. Encuentra y recoge el *acero funesto*, abandonado por ella. Ve a su mujer semidesnuda, huyendo de Otaviano. Herodes trata entonces de defender el honor y ataca con la espada al rival. Mariene intenta evitar una desgracia irreparable y apaga la luz con lo que liberta el mundo de los instintos. El Tetrarca apuñala el cuerpo que está a su alcance, que juzga erróneamente ser el de Otaviano, y mata así a su consorte. Descubre lo acontecido, juzga su amor y sueños destruidos, y, en un rapto de furia, se arroja por la ventana al mar. Se quita la vida, impotente ante la fuerza del sino, y ante el agobio súbito de una realidad insufrible. La muerte del monarca no es epifánica. No despierta la admiración ante un héroe que se enfrente con su destino; no obstante, comunica emoción y horror ante el desenlace sangriento.

El tratamiento psicológico de los personajes ha sido calculado hábilmente por don Pedro Calderón, y el análisis psicológico sirve para calibrar la profundidad psíquica de los entes de ficción en el drama trágico.

III
La versificación y el estilo

S. GRISWOLD MORLEY DIJO que: "el estilo es el absoluto criterio de la paternidad literaria,"[1] pero cualificó su aserto añadiendo que:

> el hecho es que el estilo sólo, a pesar de la
> infalibilidad de la teoría, no puede ser aceptado
> como positiva prueba por el hombre corriente. (319-320).

Ha de ser el crítico competente, el que, infundido en la médula del espíritu del autor en una larga e íntima asociación, pueda realizar estas investigaciones con éxito (320). Más adelante, propuso un plan objetivo para juzgar la paternidad y la cronología de la *comedia*, basándose en el uso de las estrofas (1937). Harry W. Hilborn siguió a Morley (1918) y a M. A. Buchanan (1922) en el estudio de la evolución cronológica, según las preferencias en el manejo de la polimetría en la construcción métrica, con una obra publicada en 1938. S. G. Morley, que había considerado las ideas de M. A. Buchanan, sobre la cronología de Lope, publicó su obra magna *Cronología de las comedias de Lope de Vega* en 1940, obra de consulta de sólido valor. Desde entonces, se han hecho diversas incursiones en el estilo de Calderón en cuanto a la sintaxis (Flasche) y a específicas expresiones hilativas (Körner). El descubrimiento del *ordenador* ha traído nuevas posibilidades a la investigación en este campo. Agnes M. Bruno ha aplicado el uso de la computadora al estudio de las estrofas de *Nibelungenlied*(1974). Los nuevos adelantos técnicos en la ciencia de la cibernática facilitan este tipo de estudios.

Calderón, en su primera versión de la historia de Herodes y

---

[1] "The Detection of Personality in Literature," 315.

Mariamne, recurrió a una polimetría, en la que predomina el romance con su propincuidad para la relación. Elabora 2121 versos en este tipo, de un total de 3069 que tiene el drama, o sea con un promedio de un 68%. Los paroxítonos perseveran en la asonancia con la pequeña excepción de un romance oxítono con el que se comienza la pieza. La fórmula en **é – a** es la más extensa con 398 líneas. La obra empieza y termina con la estrofa de origen popular, y así ocurre también con el acto primero y segundo.

El dramaturgo escogió la silva de consonantes, que rima en pareados en una combinación arbitraria de endecasílabos y heptasílabos, para revelar el problema del vaticinio que dirige la acción. La estrofa italianizante sirve para dar empaque y grandiosidad al concepto de la fatalidad. Volvió a este metro, al comienzo del acto tercero, en la confección del apóstrofe de Otaviano a la ciudad de Jerusalén. Además la utiliza para elaborar la escena de la despedida de Mariene de su hermano Aristóbolo, cuando éste parte para rescatar al Tetrarca, y continúa con él en el episodio de la preparación del *rendez-vous* de Tolomeo y Libia. Los acontecimientos se han elevado con la declamación del sonoro y grandilocuente verso. Son 239 líneas con un porcentaje del 7%.

Otaviano pronuncia un soneto de forma clásica (tipo A, según O. Jörder), "La muerte y el amor una lid dura" (ABBA, ABBA, CDC, DCD) en un soliloquio. Mariene se vale de las octavas reales para implorar al César el perdón de su esposo. La idea de dominio y clemencia empapa el discurso de la suplicante y, como consecuencia del ruego y la magnanimidad del romano, se produce una momentánea peripecia de la acción.

Lope de Vega había dicho que: "las décimas son buenas para quejas" (*Arte*, 307). Calderón presenta un buen monólogo lírico en esta estrofa (abbaaccddc) en el acto tercero. El Tetrarca proyecta sus sentimientos ante el descubrimiento de la orden secreta. Con la llegada de Filipo y Tolomeo se produce un diálogo muy tenso entre los tres personajes en el mismo tipo poemático. Lope de Vega se había servido también de él para la conversación. Calderón recurre a él en un diálogo muy dramático del acto primero. Tras un largo parlamento del protagonista, en el que expresa su deseo de remediar las fuerzas fatales, y que culmina con el arrojamiento del puñal al mar, se explaya un breve intercambio de emociones de varios personajes ante la exclamación de Tolomeo. En ambos casos se mantiene la recomendación del Fénix de los Ingenios.

Hay un uso moderado de quintillas con una intención festiva en el acto primero. Se utilizan diversas formas indistintamente (especialmente ababa y aabba), pero se guarda la ley general de que no haya tres rimas seguidas. La escena representa la confusión que crea Malacuca al hacerse pasar por Aristóbolo. En el acto tercero se torna nuevamente a ellas (abbab) en un breve fragmento de pie quebrado en un diálogo lírico en el que Mariene manifiesta la obsesiva preocupación y sus damas tratan de apaciguarla.

Las redondillas están limitadas al acto segundo en un total de 154 versos con el porcentaje del 4%. Se sigue la fórmula de rima abrazada (abba) preferida en la época (T. Navarro 247). Lope de Vega la había empleado con númerosos propósitos. Calderón las acomoda para la escena en la que se revela la verdadera identidad de Malacuca y para el diálogo de Filipo y Tolomeo en el que éste lee la orden del Tetrarca.

Calderón es un maestro en el uso de la retórica y el léxico. La habilidad en el manejo de las palabras, propia de un arte declamatorio, no tiene rival en su época. Admirable es todavía hoy el gran caudal de su vocabulario, así como la percepción y el sutil conocimiento de los matices de la lengua que despliega. La revolución lingüística llevada a cabo por Góngora se amplió y se sistematizó en las piezas de teatro del genial autor. *El mayor monstruo del mundo* constituye un buen ejemplo de esta estilística.

Las emociones de los personajes se explayan en una compleja red de interrogaciones y exclamaciones. Abundan los erotemas ("¿No hay un rayo para un triste?") y los ecfonemas salpican el discurso del parlamento en una fórmula típica, como en el caso de la lectura de la orden secreta del Tetrarca ("¡mal fuerte!," "¡extraño temor!," "¡hados crueles!," "¡tiranos asombros!."..).

Como consecuencia de esta tensión psicológica se reiteran las hipérboles, se hace uso de diversos tipos de repetición (anáfora, epanadiplosis, reduplicación, epífora, metábole, poliptoton), y se establece un juego de antitesis y contraposiciones. Se recurre a la paradoja ("que matan, porque no matan") y al oxímoron ("Piadosa venganza," "luz helada"). El complejo metafórico es rico e ingenioso. El "puñal funesto" es un "monstruo acerado," un "sacre de acero bruñido," "un hermoso basilisco." Un bajel puede ser un "leño alado" y una flota de barcos "una vaga república de montes." La sutilidad poética alcanza la sinestesia como en la expresión "luciente voz." Los átomos del aire se describen como "jeroglíficos del ocio."

Las comparaciones con los elementos (aire, agua, tierra y fuego) para indicar la inestabilidad de los sentimientos son propias de este estilo barroco. No falta el empleo de la imagen del "caballo desbocado" y de la relación al ave Fénix con su simbología de renovación, y de vida y muerte. Se compara el honor de Mariene con la blancura del armiño y se equiparan las flores con las estrellas.

Calderón hace gala de cierto conocimiento mitológico en el manejo de símbolos greco-latinos (Atropos, Venus, Flora, Aurora, los campos Elíseos), y, en un caso, predominantemente medieval (la leyenda del Unicornio).

Otis H. Green valoró el teatro del dramaturgo como una síntesis que culminaba una larga tradición. En esta línea de pensamiento, el autor de *El mayor monstruo del mundo* recoge en varias partes de su obra el empaque y el sabor popular del romancero, acude a la paremiología y utiliza la composición de correlaciones diseminativas con recolección final.

Este arte ingenioso, consecuencia también de la estilística cervantina, acude a la perífrasis, a la gradación, al retruécano, y al juego de palabras, y no vacila en el uso de popularismos ("vergantonazo") y de cómicas dilogías ("tratos de cuerda").

TABLA DE VERSIFICACIÓN
de
El mayor monstruo del mundo

Jornada I

Romance (é)	1–10
Letra en pareados de pie quebrado	11–16
Silva de consonantes	17–134
Décimas	135–244
Romance (á – e)	245–456
Quintillas	457–716
Soneto	717–730
Romance (í – o)	731–1110

Jornada II

Romance (é – a)	1111–1402
Redondillas	1403–1466
Romance (á – a)	1467–1752
Silva de consonantes	1753–1826
Redondillas	1827–1918
Romance (é – e)	1919–2122

Jornada III

Silva de consonantes	2123–2172
Octavas reales	2173–2220
Romance (é – o)	2221–2402
Romance (ó – o)	2403–2642
Décimas	2643–2752
Romance (é – a)	2753–2856
Quintillas de pie quebrado	2857–2876
Romance (ú - o)	2877-3096

IV
El texto de esta edición

LA EDICIÓN PRÍNCIPE de *El mayor monstruo del mundo* fue determinada por Emilio Cotarelo en una enjundiosa nota de su *Ensayo de la vida y obras de don Pedro Calderón de la Barca* (195-198), y confirmada por H. C. Heaton en su estudio "On the Segunda Parte de Calderón." Este crítico la designó con la sigla **QC**, porque la edición la imprimió María de Quiñones, a costa de Pedro Coello, mercader de libros. El título de la colección en la que se encuentra es *Segunda parte de las comedias de don Pedro Calderón de la Barca* (Madrid, 1637). La compiló don José Calderón, el hermano menor del dramaturgo y la dedicó a don Rodrigo de Mendoza Rojas y Sandoval, duque del Infantado. Lleva una aprobación de José de Valdivielso. Se reimprimió con algunas correcciones (pocas) en Madrid, en 1641. Este segundo texto ha recibido la sigla de **S** por haber sido impreso por Carlos Sánchez (a costa de Antonio de Ribero). Hemos consultado también la edición póstuma de don Juan de Vera Tassis (Madrid, por Francisco Sanz, 1686), que corresponde a una versión posterior más amplia (VT). En las "advertencias al que leyere" de ésta, se nos informa que "La [*comedia*] que en la antigua Impressión deste libro se intitulava, *El mayor Monstruo del Mundo*, la encontré muy otra en el contexto, y el título, como lo es el de *El mayor Monstruo los Zelos*, y el argumento como en éste se leerá." En efecto, se trata de una redacción más extensa, en la que se da una mayor importancia a la música, se amplía la participación de personajes secundarios y se introducen algunos cambios en el argumento; en suma, una obra de espectáculo que responde al gusto de las representaciones en palacio que había impuesto el marqués de Heliche.

Hemos tenido en cuenta, además, un manuscrito de la Biblioteca Nacional de Madrid, catalogado por Paz y Mélia (I, 345), con el título de *El mayor monstro, los çelos*, al que designamos con las siglas M1, M2 y M3, que corresponden con cada uno de los actos, por estar éstos escritos con letras diferentes, y mantener una singular independencia.[2]

El mayor monstruo del mundo es un drama trágico, compuesto en una polimetría de 3096 versos. Los parlamentos importantes de los personajes que se destacan en la pieza suelen ser algo más extensos que los del manuscrito que tiene 3632 versos. En un caso la diferencia es muy marcada. Me refiero al soliloquio final del Tetrarca que comienza "¿Quién en el mundo, ladrón / del mismo tesoro suyo..." (2965-3024). Esto parece significar que la pieza estuvo destinada para un corral en donde la declamación suplía la parquedad de los elementos escenográficos. Ello explica la abundancia del uso del romance.

La edición de las *comedias*, especialmente de aquellas que integran la *Segunda parte*, es muy deficiente. José Calderón, en la dedicatoria, repite el juicio, expresado al compilar la *Primera Parte*, de que van "defectuosas," pero no "erradas," es decir, que todas ellas tienen deficiencias de impresión, aunque pertenezcan genuinamente a Pedro Calderón. *El mayor monstruo del mundo* abunda en erratas y en la adulteración de varios fragmentos. El estudio comparativo de la príncipe con la reimpresión de 1641, y la edición de Vera Tassis de 1686, así como con el manuscrito de la Biblioteca Nacional, ayuda, en muchos casos, a subsanar los desaliños de la primera publicación. *El mayor monstro, los çelos* contiene muchos versos idénticos, numerosas variantes, a más de otras muchas líneas que responden a la nueva concepción de la pieza. Le faltan también bastantes versos de la príncipe, ya que viene a ser una obra diversa con una intención representativa distinta.

La primera jornada del mansucrito de la Biblioteca Nacional (M1) es la copia de un texto que utilizó la compañía de Sebastián García de Prado para una representación que se hizo en octubre

[2] E. W. Hesse hizo una edición de este manuscrito: *El mayor monstro, los çelos*, a Critical and Annotated Edition from the Partly Holographic Manuscript (Madison: U. of Wisconsin Press, 1955).

de 1667, según consta por las aprobaciones y el "hágase," expresados al final de su redacción. Va encabezada por una jaculatoria ("Jesús, María, Joseph"), y lleva en el ángulo superior de la izquierda el aserto: "Calderón—la nueva." La pieza se representó por tanto bajo la regencia de Mariana de Austria y minoría de Carlos II. Estos eran los últimos años de la vida del actor de García de Prado, el cual hizo de Tetrarca, cuando había enviudado ya de Bernarda Ramírez, su esposa y compañera de farándula. Prado se retiraría del escenario en el febrero de 1674, al entrar como novicio en el convento del Espíritu Santo de Madrid. En el reparto, figura María de Quiñones de primera dama, en el papel de Mariene. Juan Fernández hacía de Otaviano; Jerónimo de Morales de Filipo, barba; Manuel Vallejo de Polidoro; María de Prado de Libia; Juan de la Calle de Patricio, el Capitán. El texto fue utilizado también para otra representación en 1672, pero ésta hubo de hacerse en otras condiciones, porque María de Prado, hermana menor de Sebastián, había fallecido en 1668, cuando tenía cuarenta años.

La segunda jornada (M2) coincide toda ella con el texto manejado por Vera Tassis. Va encabezada por la jaculatoria "Jesús, Mª, Joseph." La letra es distinta y debe ser copia del original usado por el editor de la obra calderoniana.

La tercera jornada (M3) es un manuscrito olόgrafo pero incompleto, pues le faltan los últimos cuatro folios (va encabezado con la jaculatoria "Jesús, María, Joseph"). Lo continuó otro copista que finalizó el acto con los versos "injustos celos que son / el mayor monstruo del mundo."[3] Lleva al final una aprobación con fecha de 23 de abril de 1672, y un "hágase." Parece, por tanto, que, por lo menos los manuscritos M1 y M3,

---

[3] Aparecen luego tachados, adjudicados a Polidoro y escritos por esta segunda persona, los versos siguientes:

> "como la escribió su autor
> no como la ynprimió el urto
> de quien es su estudio echar
> a perder otros estudios."

fueron el texto de una representación realizada en esa fecha, aunque no sabemos con qué actores. Los actos I y III se diferencian de los correspondientes de la edición de Vera Tassis.

Se han señalado mediante corchetes las variantes escogidas para nuestro texto. Estos cambios suelen deberse a patentes errores de la príncipe, y en algún caso específico al estilo. Se han añadido algunos versos, que figuran en el manuscrito de Madrid o en la edición de Vera Tassis, imprescindibles para el recto entendimiento del fragmento en cuestión o debido a las necesidades de la métrica. Las notas correspondientes indican al pie de página la operación realizada en cada caso.

V
Bibliografía

Bibliografía Particular

Aubrun, Charles V. "Le déterminisme naturel et la causalité surnaturelle chez Calderón." *Le Théatre Tragique*. Ed. Jean Jacquot. Paris: Editions du Centre National de la Recherche Scientifique, 1962. 199-209.

Blue, William R. "Las imágenes en *El mayor monstruo del mundo* de Calderón de la Barca." *Hispania* 61, 4 (1978):888-897.

Calderón de la Barca, Pedro. "El mayor monstruo del mundo." Fols. 141-167, EP. *Segunda Parte de las Comedias*, recogidas por don Joseph Calderón de la Barca, dirigidas a don Rodrigo de Mendoza Rojas y Sandoval, Madrid, 1637, por María de Quiñones, a costa de Pedro Coello.

———. "El mayor monstruo del mundo." Fols. 145-167 (S), *Segunda Parte de las Comedias*, recogidas por don Joseph Calderón de la Barca, dirigidas a Felipe López de Oñate, Madrid, 1641, por Carlos Sánchez, a costa de Antonio Ribero.

———. "El mayor monstruo los zelos," pp. 519-572 (VT), *Parte Segunda...*, publicada por don Juan de Vera Tassis y Villarroel, al Excelentissimo Señor don Iñigo Fernández de Velasco y Tovar, Condestable de Castilla, Madrid, 1686, por Francisco Sanz.

———. "El mayor monstro, los çelos" (manuscritos 1, 1667; 2 sin fecha; y 3, 1672; s. paginación. Biblioteca Nacional de Madrid. El manuscrito 3 es en su mayoría autógrafo, excepto los cuatro últimos folios.

———. *El Mayor Monstruo, los Çelos*. Ed. Everett W. Hesse. Madison, Wisc., The University of Wisconsin Press, 1955.

———. *El mayor monstruo del mundo*. Ed. José María Ruano de la Haza. Colección Austral. Sexta edición. Madrid: Espasa Calpe, 1989. Según la ed. Hesse.

———. *Primera Parte de Comedias*. Vol. II. (PP) Ed. Ángel Valbuena-Briones. Clásicos Hispánicos. Madrid: Consejo Superior de Investigaciones Científicas, 1981.

Chang-Rodríguez, Raquel, y Eleanor Jean Martin. "Tema e imágenes en *El mayor monstruo del mundo*." *Modern Language Notes* 90 (March 1975): 278-282

———. "Función temática de la historia de Antonio y Cleopatra en *El mayor monstruo del mundo*." *Papeles de Son Armadans*, LXXXI, nº CCXLI. Madrid–Palma de Mallorca, abril 1976: 41-46.

Cossío, José María de. "Racionalismo del arte dramático de Calderón." *Notas y estudios de crítica literaria. Siglo XVII*. Madrid: Espasa-Calpe, 1939: 73-109.

Flasche, Hans. "La lengua de Calderón." *Über Calderón*. Wiesbaden: Franz Steiner, 1980. 283-312.

Friedman, Edward H. "Dramatic perspective in Calderon's *El mayor monstruo los celos*." *Bulletin of the Comediantes* 26 (1974): 43-49.

Hesse, Everett W. "El arte calderoniano en *El mayor monstruo, los celos*." *Clavileño* VII, nº 38, marzo-abril (1956):18-30.

———. "Obsesiones en *El mayor monstruo del mundo*, de Calderón." *Estudios* VIII (1952):395-409

Horozco y Covarrubias, Juan de. *Tratado de la verdadera y falsa prophecia*. Segovia: Juan de la Cuesta, 1588.

Parker, Alexander A. "Prediction and its dramatic function in *El mayor monstruo los celos*." Ed. R. O. Jones. Presented to Edward M. Wilson. Studies in Spanish Literature of the *Golden Age*. Londres: Támesis, 1973. 173-192.

Ruano de la Haza, José María. "The Meaning of the Plot of Calderon's *El mayor monstruo del mundo*." *Bulletin of Hispanic Studies* LVIII (1981): 229-240.

Sabin, Elenora. "The Identities of the Monster in Calderon's *El mayor monstruo del mundo*." *Hispania* LVI (1973): 269-275.

Valbuena-Briones, Ángel J. "El simbolismo en el teatro de Calderón. La caída del caballo." *Romanische Forschungen*, 74 (1962): 60-76.

Wilson, E. M. "The Four Elements in the Imagery of Calderón." *Modern Language Review* XXX1 nº 1, enero, 1936.

BIBLIOGRAFÍA GENERAL

Barrera, Cayetano Alberto de la. *Catálogo bibliográfico y biográfico del teatro antiguo español desde sus orígenes hasta mediados del siglo XVIII*. Madrid: M. de Rivadeneyra, 1860.

Bernal Labrada, Hilda. *Símbolo, mito y leyenda en el teatro de Casona*. Instituto de Estudios Asturianos. Oviedo: La Cruz, 1972.

Blue, William. *The Development of Imagery in Calderon's Comedias*. York, S.C.: Spanish Literature Publications Co., 1983.

Brown, Jonathan y J. H. Elliott. *A Palace for a King*. New Haven: Yale University Press, 1980.

Bruno, Agnes M. *Toward a Quantitative Methodology for Stylistic Analyses*. University of California Publications in Modern Philology, 109. Berkeley: University of California Press, 1974: 1-65.

Buchanan, M. A. *The Chronology of Lope de Vega's Plays*. Toronto: The University Library, publ. by the librarian, 1922).

Calderón de la Barca, Pedro. *El alcalde de Zalamea*. Ed. Ángel Valbuena-Briones. Nueva ed. corregida y puesta al día. Madrid: Cátedra, 1995.

———. "Noticia del recibimiento y entrada de la Reina nuestra señora, doña Mariana de Austria en la muy noble y leal, coronada, villa de Madrid." D. L. R. de Prado invenit. Madrid, 1649.

———. *El mayor monstruo del mundo. Obras Completas de don Pedro Calderón de la Barca*. Vol. I. (OC) Ed. Ángel Valbuena-Briones. Madrid: Aguilar, 1966. 455-489.

———. *El mayor monstruo del mundo. Tragedias*. Tomo I. Ed. Francisco Ruiz Ramón. Madrid: Alianza Editorial, 1967. (Según la ed. Hesse.)

———. *El médico de su honra, Dramas de honor*, ed. A. Valbuena Briones, Clásicos Castellanos, 142, (CC) Madrid: Espasa-Calpe, 1956.

Cirlot, Juan Eduardo. *Diccionario de símbolos*. Barcelona: Labor, 1969.

Correas, Gonzalo, Ed. *Vocabulario de refranes y frases proverbiales*. Madrid: Revista de Archivos, Bibliotecas y Museos, 1924.

Cotarelo, Emilio. "Sebastián de Prado y su mujer Bernarda Ramírez." *Boletin de la Real Academia Española* 2 (1915): 251-293, 425-457, 583-621, y (1916): 3-38, 151-185.

———. *El licenciado Sebastián de Horozco y sus obras*. Madrid: Revista de Archivos, Bibliotecas y Museos, 1916.

———. *Ensayo sobre la vida y obras de don Pedro Calderón de la Barca*. Madrid: Revista de Archivos, Bibliotecas y Museos, 1924. También en el *Boletín de la Real Academia Española*, 1921-1923.

Covarrubias Horozco, Sebastián de. *Tesoro de la Lengua Castellana o Española*. Compuesto por el Licenciado..., dirigido a la Majestad Católica del Rey don Felipe III. Madrid, por L. Sánchez, 1611.

Díaz-Rengifo. Juan. *Arte Poética Española*. Barcelona: por María Angela Martí, 1759. La edición príncipe es de 1592 (Salamanca).

Edwards, Gwynne: *The Prison and the Labyrinth. Studies in Calderonian Tragedy*. Cardiff: University of Wales Press, 1978.

Eliade, Mircea. Ed. *The Encyclopedia of Religion*. 16 vols. New York: McMillan Publishing Co., 1987.

———. *Mito y realidad*. Tr. Luis Gil. Madrid: Guadarrama, 1968.

Gándara, Fray Felipe de la. *Descripción, Origen y Descendencia de la muy Noble y Antigua Casa de Calderón de la Barca*. Madrid, por José Fernández de Buendía, 1661.

Grant, Michael. *Hero the Great*. Londres: Weidenfeld & Nicolson, 1971.

Green, Otis H. *Spain and the Western Tradition*. Madison: University of Wisconsin Press, 1964.

Heaton, H. C. "On the Segunda Parte of Calderón." *Hispanic Review* V (1937): 208-224.

Hernández Araico, Susana. *Ironía y tragedia en Calderón*. Potomac, Md: Scripta Humanistica, 1986.

Hilborn, Harry Warren. *A Chronology of the Plays of D. Pedro Calderón de la Barca*. Toronto: University of Toronto Press, 1938.

Jörder, Otto. *Die Formen des Sonetts bei Lope de Vega*. Beihefte zur Zeitschrift für romanische Philologie, 86. Halle: M. Niemeyer Verlag, 1936.

Josefo, Flavio. *De bello Judaico*. Venecia: Joannes Rubeus Vercellensis, por Octavianus Scotus, 1486, otra ed. de 1499.

———. *De la guerra Judaica con los libros contra Appion*. Sevilla: Meinardes y Stanislaus Polanus, 1492.

———. *Antigüedades Judaicas*. Amberes: Martín Nucio, 1554.

———. *Jewish Antiquities*. Tr. de H. St. J. Thackeray y Ralph Marcus. 8 vols. New York: G. P. Putnam's Sons, 1930; Cambridge, MA: Harvard University Press, 1963.

———. *The Jewish War*. Tr. de H. St. J. Thackeray. 9 vols. the Loeb Classical Library. Cambridge, MA: Harvard University Press, reimpresión de 1976.

Jung, Karl G. *The Archetypes and the Collective Unconscious*, Bollingen Series XX, Princeton: Princeton Univ. Press, 1969.

———. *Psychological Types*, Bollingen Series, Princeton: Princeton Univ. Press, 1971.

Körner, Karl-Hermann. "La función atenuadora de 'en fin' en los textos calderonianos." *Hacia Calderón*. Noveno Coloquio Anglogermano. Stuttgart: Franz Steiner, 1991. 9-14.

Lázaro Carreter, Fernando. *Diccionario de Términos Filológicos*. 3ª ed. corregida. Madrid: Gredos, 1974.

Lida de Malkiel, María Rosa. *Herodes: su persona, reino y dinastía*. Madrid: Castalia, 1977.

Lyons, Bridget G. *Voices of Melancholy*. New York: Barnes and Noble, Inc., 1971.

Mackenzie, Ann L. *La escuela de Calderón estudio e investigación*. Hispanic Studies TRAC. Vol. 3. Liverpool University Press, 1993.

Marín, Diego. *Uso y función de la versificación dramática en Lope de Vega*, Estudios de *Hispanófila* 2, 2ª ed., Garden City, N.Y.: Adelphi University, 1968.

Menéndez y Pelayo, Marcelino. *Calderón y su teatro*. Madrid: M. Murillo, 1881; Citamos por la 4ª ed., Madrid: tip. de la Revista de Archivos, 1910.

Mercante, Anthony S. *The Facts on File. Encyclopedia of World Mythology and Legend*. New York: Facts on File, 1988.

Molina, Luis de. *Concordia liberi arbitrii cum gratiae donis...* Lisboa, apud Antonium Riberiuni, expensis Ioanis Hispani et Michaelis de Arenas, 1588.

Morley, S. Griswold. "Objective Criteria for Judging Authorship and Chronology in the *Comedia*." *Hispanic Review* V October (1937): 281-285.

———. "The Detection of Personality in Literature." *PMLA* 20 (1905):305-321.

———. *Studies in Spanish Dramatic Versification of the Siglo de Oro*. University of California Publications in Modern Philology, 7. Berkeley: University of California Press, 1918: 131-173.

——— y Courtney Bruerton. *Cronología de las Comedias de Lope de Vega*. Ed. rev. Madrid: Gredos, 1963.

Murillo Velarde Jurado, Tomás. *Novíssima, verifica, et particularis hypochondriacae curatio et medela*. Lyon: Sumptibus Claudii Bourgeat, 1672.

Murray, Alexander S. *Who's Who in Mythology*. Londres: Bracken Books, 1994.

Navarro, Tomás. *Métrica española*. Syracuse: Syracuse University Press, 1956.

O'Connor, Thomas Austin. *Myth sand Mythology in the Theater of Pedro Calderón de la Barca*. San Antonio: Trinity University Press, 1988.

Parr, James A. *After its Kind. Approaches to the comedia*. Eds. Matthew D. Stroud, Anne M. Pasero, Amy R. Williamsen. Kassel: Edition Reichenberger, 1991.

Paz y Mélia, A. *Catálogo de las Piezas de Teatro que se conservan en el Departamento de Manuscritos de la Biblioteca Nacional*. Tomo I, Segunda Edición. Patronato de la Biblioteca Nacional. Madrid; Blass, S. S. Tipográfica, 1934.

Pérez Pastor, Manuel. *Documentos para la biografía de D. Pedro Calderón de la Barca*, recogidos y anotados. Madrid: Fortanet, 1905.

Pérez Rioja, José Antonio. *Diccionario de símbolos y mitos*. 3ª ed. Madrid: Tecnos, 1988.

Quevedo, Francisco. *Los sueños*. Ed. F. Induráin. Zaragoza: Ebro, 1963.

Reichenberger, Kurt y Roswitha. *Bibliographisches Handbuch de Calderon-Forschung*. Tomo I. Kasse: Verlag Thiele und Schwarz, 1979.

Rodríguez Marín, Francisco, Ed. *Más de 21.000 refranes castellanos*. Vol. 2. Madrid: Revista de Archivos, Bibliotecas y Museos, 1930.

Ruiz Ramón, Francisco. *Calderón y la tragedia*. Madrid: Alhambra, 1984.

Séneca, Luccio Anneo. *Obras Completas*. Ed. de Lorenzo Riber. Madrid: Aguilar, 1943.

Spitzer, Leo. "Soy quien soy." *Nueva Revista de Filología Hispánica* I 2 (1947): 113-127.

Suárez, Francisco. *De divina gratia*. 3 vols. Maguncia, a costa de Mylij Birckmani, por B. Lippius, 1620-21.

Suscavage, Charlene E. *Calderón. The Image of Tragedy*. New York: Peter Lang, 1991.

ter Horst, Robert. Calderón: *The Secular Plays*, Lexington: Univ. Press of Kentucky, 1984.

Toro y Gisbert, Miguel de. "¿Conocemos el texto verdadero de las comedias de Calderón?." *Boletín de la Real Academia Española* 5 (1918): 401-421.

Valbuena Prat, Ángel. *Calderón. Su personalidad, su arte dramático, su estilo y sus obras*. Barcelona: Juventud, 1941.

———. *Historia de la Literatura España*. Tomo III. Siglo XVII. Barcelona: Gustavo Gili, 1981.

Valency, Maurice J. *The Tragedies of Herod and Mariamne*. New York: AMS, 1966.

Varey, J. E. y N. D. Shergold. *Teatros y comedias en Madrid: 1651-1665. Estudio y documentos*. Londres: Támesis, 1973.

Vega, Lope de. *El Arte Nuevo de hacer comedias en este tiempo*. Ed. Juana de José Prades. Clásicos Hispánicos. Madrid: Consejo Superior de Investigaciones Científicas, 1971.

Velázquez, Andrés. *Libro de la melancolía*, en el que se trata de la naturaleza de esta enfermedad. Sevilla: por H. Díaz, a costa de A. de Mata, 1585.

Whitaker, Shirley B. "The First Performance of Calderon's *El sitio de Breda*." *Renaissance Quarterly* XXX1, 4 (1978): 515-531.

Whitman, Edward C. *The Symbolic Quest: Basic Concepts of Analytical Psychology*. Princeton: Princeton University Press, 1991.

Índice de ilustraciones

Grabado de don Pedro Calderón de la Barca
según un dibujo original de Mauricio Retzch

Las torres de Herodium no lejos del Mar Muerto

Mosaico de la máscara de la tragedia,
perteneciente a una villa cercana a Caesarea

SEGVNDA

PARTE DE LAS COMEDIAS DE DON PEDRO CALDERON

de la Barca, Cauallero del Abito de Santiago.

RECOGIDAS

Por don Ioſeph Calderon de la Barca ſu hermano.

DIRIGIDAS

AL EXCELENTISSIMO SEÑOR DON Rodrigo de Mendoça, Rojas, y Sandoual de la Vega y Luna, ſeñor de las Caſas de Mendoça, y Vega, Duque del Infantado, Marques del Cenete, Marques de Santillana, Marques de Argueſo, y Campoò, Conde de Saldaña, Conde del Real de Mançanares, y del Cid, ſeñor de la Prouincia de Liebana, ſeñor de las Hermandades en Alaba, ſeñor de las villas de Ita y Buitrago, y ſu tierra, ſeñor de las villas de Tordebumos, Sanmartin, el Prado, Metrida, Arenas, y ſu tierra, ſeñor de las villas del Seſmo, de Duron, y de Iadraque, y ſu tierra, ſeñor de la villa de Ayora, y de las Baronias de Alberique en el Reino de Valencia, Comendador de Zalamea Orden de Alcantara, &c.

72. y medio.

CON PRIVILEGIO.

En Madrid, *Por Maria de Quiñones,*

Año M. DC. XXXVII.

A coſta de Pedro Coello Mercader de Libros.

Segunda Parte de las Comedias de don Pedro Calderón de la Barca, Madrid: Por María de Quiñones, a costa de Pedro Coello, 1637. Ejemplar de la Biblioteca Nacional de París

EL MAYOR MONSTRVO DEL MVNDO.

COMEDIA FAMOSA,

De don Pedro Calderon de la Barca.

Perſonas que hablan en ella.

El Tetrarca.
Otauiano.
Ariſtobolo.
Filipo.
Tolomeo.
Capitan.
Malacuca.
Dos ſoldados.
Mariene.
Filene.
Libia.
Arminda.

Salen los muſicos cantando, y el Tetrarca detras

Muſ. La diuina Mariene,
el Sol de Ieruſalen,
por diuertir ſus triſtezas,
vio el campo al amanecer.
Las aues, fuentes, y flores
le dan dulce parabien,
repitiendo por ſeruirla
todos juntos de vna vez.
ſea triunfo de ſus manos,
lo que es pompa de ſus pies;
fuentes ſus eſpejos ſed,
corred, corred, corred.
Aues, ſu luz ſaludad,
bolad, bolad:
flores paſo preuenid,
viuid, viuid.

El mayor monstruo del mundo,
incluida en la *Segunda Parte de las Comedias*
de Pedro Calderón de la Barca, Madrid, 1637

y quitan la con enojos.

Mari. Esta el quarto como dije

Siren. Si señora.

Mar. Esta del modo
que mande de aquella quadra
que oy es triste calaboço
de Libia ya asegurados
la puerta que buelbe al soto
del tetrarca.

Sire. Si esta ra
pues de lo encargo de a solo
que la cierre y la asegure.

Mar. Salios alla fuera todos — vanse
tu en entrando yo esa puerta
cierra en el ynstante propio — vase

Sire. Ay de mi

Tetr. que mysterios
son estos.

Mar Estamos solos.

Tetr Si, que miras.

Mar El puñal
que del relox presuroso
de mi vida fue el volante

Tetr En peligro bien notorio
se perdio

Mar No esta contigo

Tetr No.

Folio del manuscrito 3 (Biblioteca Nacional de Madrid), ológrafo de Calderón

PARTE SEGUNDA
DE
COMEDIAS
DEL CELEBRE POETA
ESPAÑOL,
DON PEDRO CALDERON
DE LA BARCA,
CAVALLERO DE LA ORDEN DE SANTIAGO,
Capellan de Honor de su Magestad, y de los señores Reyes
Nuevos en la Santa Iglesia de Toledo,
QVE NVEVAMENTE CORREGIDAS
PVBLICA
DON IVAN DE VERA TASSIS Y VILLARROEL
SV MAYOR AMIGO,
Y LAS OFRECE
AL EXCELENTISSIMO SEÑOR DON IÑIGO
Melchor Fernandez de Velasco y Touar, Condestable
de Castilla, y de Leon, Camarero Mayor del Rey nuestro
señor, su Copero Mayor, su Cazador Mayor, y su Mayordomo
Mayor, de los Consejos de Estado, y Guerra, Comendador de
Vsagre en la Orden, y Caualleria de Santiago, y Treze
della, Duque de la Ciudad de Frias, &c.
CON PRIVILEGIO.
[illegible]DRID. Por *Francisco Sanz*, Impressor del Reyno, y Portero
de Camara de su Magestad. Año de 1686.

Parte Segunda de Comedias, 1686,
de Calderón. ed. de Vera Tassis

Grabado de don Pedro Calderón de la Barca
publicado en la edición de la *Parte
Segunda de Comedias*, de Vera Tassis, 1686

Num. 19.

COMEDIA FAMOSA.

EL MAYOR MONSTRUO LOS ZELOS, Y TETRARCA DE JERUSALEN.

DE DON PEDRO CALDERON DE LA BARCA.

PERSONAS QUE HABLAN EN ELLA.

El Tetrarca.	*Tolomeo.*	*Libia.*
Octaviano.	*Un Capitan.*	*Sirene.*
Aristobolo.	*Polidoro, Gracioso.*	*Arminda.*
Filipo.	*Mariene.*	*Soldados, y Musica.*

JORNADA PRIMERA.

Salen Musicos cantando, y detras el Tetrarca, Mariene, Libia, Sirene y Filipo.

Mus. LA divina Mariene,
el sol de Jerusalen,
por divertir sus tristezas,
vió el campo al amanecer.
Las aves, fuentes y flores
la dan dulce parabien,
repitiendo por servirla
al ayre una y otra vez,
sea triunfo de sus manos
lo que es pompa de sus pies;
fuentes, sus espejos sed,
corred, corred,
aves, su luz saludad,
volad, volad;
flores, paso prevenid,
vivid, vivid.
Tet. Hermosa Mariene,
à quien el orbe de zafir previene
ya soberano asiento,
como estrella añadida al firmamento,
no con tanta tristeza
turbes el rosicler de tu belleza:
qué deseas? qué quieres?
qué envidias? qué te falta? Tu no eres,
amada gloria mia,
Reyna en Jerusalen? Su Monarquía,
en quanto ciñe el sol, el mar abarca,
no me aclama su inclito Monarca?
como dan testimonio
letras de Marco Antonio,
y firmas de Octaviano,
porque los dos intentan, aunque en vano,
repartir el Imperio,
que dilata y extiende su emisferio
desde el Tiber al Nilo,
y yo con canto pecho y doble estilo,
de Antonio no defiendo
la parte, porque asi turbar pretendo
la paz, y que la guerra
dure, porque despues quando la tierra
de sus huestes padezca atormentada,
y el mar cansado de una y otra armada,
pueda yo declararme,
y en Roma, tu à mi lado, coronarme?
Tu hermano, y Tolomeo,
no son à quien les fio mi deseo,
y ley de mi alvedrio,
pues con los dos socorro à Antonio envio?
Y en tanto (ò cielo hermoso!)
que al triunfo llega el dia venturoso,
no estás de mi adorada?
de mis gentes no estás idolatrada?
no habitas esta quinta,
que sobre el mar de Jope el cielo pinta?
Pues no tan facilmente
se postre todo el sol à tu accidente,
liberal restituya su alegria
su luz al alba, su esplendor al dia,
su fragrancia à las flores,
al campo sus colores,
sus matices à Flora,
sus perlas à la Aurora,

A su

El mayor monstruo los zelos, suelta publicada en Barcelona por Francisco Suriá. Forma parte de un volumen de *Varias comedias*

SEGVNDA PARTE
DE LAS COMEDIAS DE DON PEDRO
CALDERON DE LA BARCA, CAVALLERO
DEL ABITO DE SANTIAGO.

RECOGIDAS
Por don Ioseph Calderon de la Barca su hermano.

DIRIGIDAS
A Felipe Lopez de Oñate, Prouedor de la Casa Real de la Reyna nuestra Señora, y de los Principes.

72. y medio.

Año 1641

CON PRIVILEGIO, *EN MADRID,*
EN LA IMPRENTA DE CARLOS SANCHEZ.
A costa de Antonio de Ribero, mercader de libros, en la calle de Toledo.

Segunda Parte de las Comedias, 1641, de Calderón, en la imprenta de Carlos Sánchez, a costa de Antonio de Ribero

EL MAYOR MONSTRUO DEL MUNDO

Comedia Famosa
de
don Pedro Calderón de la Barca

Personas que hablan en ella:*

---

* El reparto de personajes sugiere una representación en un corral con escaso acarreo escenográfico.

TETRARCA. Este personaje, que es Herodes, aparece designado con el título que recibió durante el segundo triunvirato romano en el año 43 a.J. como premio por sus servicios leales a Roma. El Senado le confirió esta dignidad de acuerdo con la propuesta de Marco Antonio. Michael Grant dice a este respecto: "Phasael and Herod duly received confirmation of their appointments in Jerusalem and Galilee respectively, with the added title of *tetrarch* (originally, but not longer, meaning `ruler of a quarter'), which gave them a formal princely status under the ethnarch Hyrcanus"(44). El dato había sido provisto por el historiador Flavio Josefo en las *Antigüedades Judaicas* (XIV, 326). La acción dramática comienza cuando Herodes es ya rey de Judea, pero se le denomina con el antiguo título de Tetrarca a lo largo de toda la pieza y no se menciona el nombre de Herodes. Quizá esta estrategia se deba a querer apartar del drama el episodio de la matanza de los Santos Inocentes, pues no se hace referencia en la edición príncipe a esta tradición bíblica.

OTAVIANO, forma popular por Octaviano, nombre del que sería el César Augusto, emperador de Roma.

MARIENE, forma popular por Mariamne, la segunda esposa de Herodes. Calderón utiliza el onomástico con diéresis (Marïene).

SIRENE como aparece en los encabezados de los parlamentos en las escenas que interviene. La EP dice "Filene," errata.

ARMINDA. Este personaje es una criada que no tiene parlamento a lo largo de la pieza. Participa en las escenas en las que la acotación especifica que salen todas las mujeres. Está presente al servicio de Mariene en la escena del tercer acto, en la que las damas preparan a la reina para que se

EL TETRARCA.	MALACUCA.
OTAVIANO.	DOS SOLDADOS.
ARISTÓBOLO.	MARIENE.
FILIPO.	[SIRENE]
TOLOMEO.	LIBIA.
CAPITÁN.	ARMINDA.

PRIMERA JORNADA

Salen los músicos cantando, y detrás el Tetrarca [, Filipo, Malacuca, Mariene, Libia y Sirene].

MÚSICA La divina Marïene,
el sol de Jerusalén
por divertir sus tristezas,
vio el campo al amanecer.
Las aves, fuentes y flores 5
le dan dulce parabién,
repitiendo por servirla
[al aire una y otra vez]
—sea triunfo de sus manos
lo que es pompa de sus pies—: 10
Fuentes sus espejos sed,
corred, corred;
aves su luz saludad,
volad, volad;
flores paso prevenid, 15
vivid, vivid.
TETRARCA Hermosa Marïene,
a quien el orbe de zafir previene
ya soberano asiento,

---

acueste.

8 "al aire una y otra vez" (VT). Variante por "todos juntos de una vez" (EP).

11-16 Esta breve canción en pareados de pie truncado está ampliada y modificada en el manuscrito 1.

como estrella añadida al firmamento, 20
no con tanta tristeza
turbes el rosicler de tu belleza;
¿qué deseas? ¿qué quieres?
¿qué envidias? ¿qué te falta? ¿tú no eres
querida gloria mía, 25
reina en Jerusalén? ¿Su monarquía,
en cuanto tiñe el sol, el mar abarca,
no me aclama su ínclito monarca,
como dan testimonio
letras de Marco Antonio 30
y firmas de Otaviano,
porque los dos intentan, aunque en vano,
repetir el imperio
que dilata y extiende su hemisferio
desde el Tíber al Nilo? 35
Y yo, con cauto pecho y doble estilo,
¿ de Antonio no defiendo
la parte, porque así turbar pretendo
la paz, y que la guerra
dure, porque después, cuando la tierra 40
de [sus] huestes padezca atormentada
y el mar cansado de una y otra armada,
pueda yo declararme,
y en Roma, tú a mi lado, coronarme?
¿Tu hermano y Tolomeo 45

---

41 "sus" (M1, VT), por "tus" (EP).

44 "y en Roma, tú a mi lado, coronarme." Calderón presenta una caracterización prerromántica de sus personajes. Herodes aparece como un ambicioso tirano que quiere ser rey del mundo antiguo, y desea poner ese poder a los pies de su adorada Mariene.

45 "Tolomeo." Los nombres de los personajes de la pieza teatral están tomados de la *Guerra de los judíos*, de Flavio Josefo. Calderón recrea y modifica sus personalidades históricas. Ptolomeo (Ptolemaios) fue amigo y ministro de Herodes e intervino en la disposición del testamento del monarca (I, 665-669). En el drama, Tolomeo es el general de confianza que

no son a quien les fío mi deseo
y ley de mi albedrío,
pues con los dos socorro a Antonio envío?
¿Y en tanto, ¡oh cielo hermoso!,
que al triunfo llega el día venturoso, 50
no estás de mi adorada?
¿De mis gentes no estás idolatrada?
¿No [habitas] esta quinta,
que sobre el mar de Jafe el cielo pinta?
Pues no tan fácilmente 55
se postre todo el sol a un accidente;
liberal restituya tu alegría
su luz al alba, su esplendor al día,
su fragancia a las flores,
al campo sus colores, 60
sus matices a Flora,
sus perlas al Aurora,
su música a las aves,
mi vida a mí, pues con [temores] graves
a celos me ocasionan tus desvelos. 65
No sé que más decir: ya [dije] celos.

MARIENE Tetrarca generoso,
mi dueño amante y mi galán esposo,

---

dirige las tropas del monarca hebreo.

53 "habitas" (VT), variante por "vives" (EP).

54 "Jafe." Jafa. Ant. Joppa. Ciudad palestina a orillas del Mediterráneo.

61. "Flora." Diosa de las flores y de las plantas que florecen.

62 "Aurora." Diosa de la mañana, encargada de abrir al sol las puertas del Oriente.

64 "temores" (M1), variante por "discursos" (EP).

66 "dije" (S, M1), por "deje" (EP). "Ya dije celos." La personalidad anormal y desconfiada de Herodes reacciona con celos al percibir el sentimiento y tristeza de su esposa. Se inicia así la pasión que causa la ruina del protagonista.

68 "mi dueño amante y mi galán esposo." Calderón comienza su acción trágica con el apogeo del poder del Tetrarca, rey de Jerusalén.

ingrata al cielo fuera
y a mi ventura ingrata, si rindiera 70
el sentimiento mío
a pequeño accidente [el] albedrío.
La pena que me aflige
de causa, ¡ay cielos!, superior se rige;
tanto, que es todo el cielo 75
depósito infeliz de mi desvelo,
pues todo el cielo escribe
mi desdicha, que en él grabada vive
en papel de cristal con letras de oro.
No con causa menor mi muerte lloro. 80

TETRARCA Menos entiendo ahora yo y más dudo
el mío y tu dolor; y si es que pudo
tanto mi amor contigo,
hazme ya de tu mal, mi bien, testigo.
Sepa tu pena yo, porque la llore, 85
y más tiempo no ignore
muerte, que ya con mis sentidos lucha.

MARIENE Nunca pensé decirlo, pero escucha:
un doctísimo hebreo
tiene Jerusalén, cuyo deseo 90
siempre ha sido, estudioso,
apresurar al tiempo presuroso
la edad, como si fuera
menester acordarle que corriera.

Interviene en la política de la dictadura romana. Goza simultáneamente del amor de su bella consorte. Esta situación de poderío y felicidad va a alterarse a causa de sucesos externos y problemas internos. Una cadena de episodios determina a Herodes como un caso de la caída de príncipes.

69-70 "ingrata...ingrata." Epanadiplosis.

72 "el" (M1), por "su" (EP). Hipérbaton.

75-79 Los tratados de la época aceptaban la idea del influjo de los astros en los seres humanos.

84 "tu mal, mi bien." Antítesis.

Este, pues, vigilante, 95
en láminas leyendo de diamante
caracteres de estrellas,
hoy los futuros contingentes de ellas
a todos adelanta.
Tanta es la fuerza de su estudio, tanta, 100
que es oráculo vivo
de todo ese cuaderno fugitivo,
que en círculos de nieve
un soplo inspira y un aliento bebe.
Yo, que mujer nací—con esto digo 105
que amiga de saber—, docto testigo
le hice de tu fortuna y mi fortuna,
porque viendo que al orbe de la luna
hoy empinas la frente,
el futuro previne contingente. 110
Con el mío juzgó tu nacimiento,
y a los delirios de la [suerte] atento,
halló... —aquí el labio mío
torpe, muda la voz; el pecho frío
se desmaya, se cansa y desfallece; 115
y aquí todo mi cuerpo se estremece—,
halló, en fin, que sería
trofeo injusto yo, ¡qué tiranía!,

95-99 El tema de la astrología judiciaria fue debatido en el renacimiento. Se aceptaba la influencia astral en las inclinaciones de los humanos, pero estas fuerzas podían ser vencidas "con el saber y la discreción," como indica Juan de Horozco en el *Tratado de la verdadera y falsa astrología* (133). Mariene se caracteriza en la pieza como una pagana que cree en la doctrina de los magos para profetizar el futuro.

98 "futuros contingentes," que pueden suceder. La terminología de Mariene es más apropiada de un licenciado en cánones que de una reina judía. Anacronismo. Falta de decoro.

100 "Tanta...tanta." Epanadiplosis.

112 "suerte" (M1, VT), por "fuente" (EP).

117-123 Las profecías de los dioses, sacerdotes y magos antiguos se

de un monstruo, el más crüel, horrible y fuerte
del mundo. Halló también que daría muerte 120
—¿qué daño no se teme prevenido?—
ese puñal, que ahora te has ceñido,
a lo que más en este mundo amares.
¡Mira si tales penas, si pesares
tan grandes, es forzoso 125
que tengan mi discurso temeroso,
muerta la vida y vivo el sentimiento!
Pues infaustos los dos con fin sangriento,
por ley de nuestros hados
vivimos a desdichas destinados; 130
tú, porque ese puñal será homicida
de lo que más amares en tu vida;
y yo, siendo, con llanto tan profundo,
trofeo del mayor monstruo del mundo.

TETRARCA Bellísima Marïene, 135
aunque ese libro inmortal
en once hojas de cristal

---

expresaban a menudo en forma ambigua y con la necesidad de ser interpretadas. Calderón utilizó este tipo de predicción con propósito artístico en un número de sus obras (v.g. *La gran Cenobia, La vida es sueño, Los hijos de la fortuna, Fortunas de Andrómeda y Perseo*).

122 "ese puñal." Puñal "funesto," "monstruo acerado," viene a simbolizar la pasión de los celos en un complejo de significados (muerte, traición, destino) de vibrantes resonancias escenográficas.

135-144 El Tetrarca se refiere a los cielos con la metáfora de "libro inmortal," porque en ellos están escritos los destinos de los humanos. Posee "once hojas de cristal," según la interpretación de Ptolomeo, el cual supuso que el universo conocido estaba compuesto por once esferas cristalinas. La posición ideológica de Herodes corresponde aquí a la cultura postrenacentista, que no aceptaba la astrología judiciaria, y piensa vencer la fuerza del hado con el sano ejercicio del albedrío. Desgraciadamente, su teoría de valores es materialista, y su vida está ordenada para obtener el poder y la belleza, desatendiendo la vida espiritual que pudiera, según la mentalidad calderoniana, haberle librado de su infausto destino.

nuestros [influjos] contiene,
dar crédito no conviene
a los secretos que encierra; 140
que es ciencia, que tanto yerra,
que en un punto solamente
mayores distancias miente
que hay desde el cielo a la tierra.
De esa ciencia singular 145
sólo se debe [atender]
el mal que se ha de temer,
mas no el que se ha de esperar.
Sentir, padecer, llorar
desdichas, que no han llegado 150
ya lo son; pues [que no hay hado
que pueda] haberte oprimido,
después de haber sucedido,
a más que haber[le] llorado.
Y si ahora tu desvelo 155
lo que ha de suceder llora,
tú haces tu desdicha ahora
mucho primero que el cielo;
[por] llorar con desconsuelo,
por imaginada o dicha, 160
la desdicha,—que la dicha,
[ya es padecerla en rigor—]
pues no hay desdicha mayor,

---

138 "influjos" (M1), variante por "discursos" (EP).

146 "atender" (M1), variante por "saber" (EP).

149 Metábole.

151-152 "que no hay hado / que pueda" (M1), variante por "tu cuidado / no puede" (EP).

154 "le" (M1), por "las" (EP).

159 "por" en vez de "que" (EP). Variante que aclara la lectura del texto, de acuerdo con el manuscrito (1).

161 Por "o la desdicha o la dicha" (EP).

162 "ya es..." (M1), por "ya es hazer cara en aigor" (EP).

que esperar [una] desdicha.
Con otro argumento yo 165
vencer tu dolor quisiera:
si ventura acaso fuera
la que el astrólogo vio,
¿diérasla crédito? No,
ni la estimaras, ni oyeras. 170
Pues ¿ por qué en nuestras quimeras
han de ser escrupulosas
las venturas mentirosas,
las desdichas verdaderas?
Dé crédito el llanto igual 175
al favor como al desdén;
ni aquél dudes porque es bien,
ni éste creas porque es mal.
Y si en argumento tal
no estás satisfecha, mira 180
otro [que a librarte aspira.]
Esta prevista crueldad
o es mentira o es verdad;
dejémosla si es mentira,
pues nada nos asegura, 185
y a que sea verdad vamos,
porque, siéndolo, arguyamos,
que es el saberla ventura.

---

164 "una" (M1), por "la" (EP).

165 "con otro argumento yo." El Tetrarca arguye con una dialéctica racionalista, aprendida por Calderón en el Colegio Imperial de los jesuitas, centro al que asistió en su mocedad. J. M. de Cossío llamó la atención sobre este intelectualismo frío: "Véase esto sobre todo en las grandes pasiones de la venganza y los celos, que se guían y ordenan por el cauce del razonamiento dialéctico más riguroso" (105). Estos debates intelectuales en los que se enfrascan Herodes y su esposa pueden considerarse como un defecto de la obra, según el gusto actual del lector moderno.

181 "que a librarte aspira" (M1). Variante por "que al discurso admira" (EP).

Ninguna vida hay segura
un instante; cuantos viven, 190
en su principio aperciben
tan contados los alientos,
que se cumplen por momentos
los números que reciben.
Yo en aqueste instante no 195
sé, si mi cuenta cumplí,
ni si la vi yo; tú sí,
a quien el cielo guardó
para un monstruo; luego yo
llorar debiera ignorante 200
mi fin; tú no, si este instante
a ser tan dichosa vienes,
que seguro el vivir tienes,
pues no está el monstruo delante.
Y pasando al fundamento 205
de lo que sabes de mí,
¿cómo es compatible, di,
que aqueste puñal sangriento
dé en ningún tiempo violento
muerte a [lo] que yo más quiero, 210
y [a ti] un monstruo? [Y si no infiero]
cosa de mí más querida,
[¿cómo] amenazan tu vida
aquel monstruo y este acero?
Pues si hoy el hado importuno, 215
que es de los gentiles dios,
te ha amenazado con dos
fines, no temas ninguno.
No hay más rigor para el uno,

---

210 "lo" (M1, VT), por "otro" (EP).
211 "a ti" (M1, VT), por "así" (EP). "y si no infiero" (M1) en vez de "ver no espero" (EP).
213 "¿cómo" (M1) en vez de "luego" (EP).

que para el otro piedad. 220
Luego será necedad
temer al [agüero] atenta,
cuando es fuerza que uno mienta,
que el otro diga verdad.
Y porque veas aquí 225
cómo mienten las estrellas,
y que triunfar puedo de ellas:
mira el puñal.

[*Saca el puñal y ella se asusta*]

MARIENE ¡Ay de mí!
Tente, señor.
TETRARCA ¿De qué así
tiemblas?
MARIENE Mi muerte [me] advierte 230
mirarle en tu mano fuerte.
TETRARCA Pues porque no temas más,
desde hoy inmortal serás;
yo haré imposible tu muerte.
Sea el mar campo de yelo, 235
sea el orbe de cristal,
de este funesto puñal,
monstruo acerado, [en el] suelo
sepulcro.

Dentro Tolomeo

TOLOMEO ¡Válgame el cielo!

---

222 "agüero" (M1), en vez de "rigor" (EP).
230 "me" (M1). Necesario para completar el octosílabo.
235-236 "campo de yelo," "orbe de cristal." Estas imágenes que describen el mar hacen referencia a la muerte. Véase Suscavage (93).
238 "en el" (M1), en vez de "del" (EP).

MARIENE ¡Oh, qué voz tan triste he oído! 240
FILIPO Aire y agua han respondido
con asombro [y] con desmayo.
LIBIA El trueno fue de aquel rayo
un lastimoso gemido.
MARIENE ¡Qué mucho qué a mí me asombre 245
acero tan penetrante,
que hace heridas en las ondas
y impresiones en los aires!
TETRARCA Los pequeños accidentes
nunca son prodigios grandes 250
—acaso la voz se queja—,
y porque te desengañes,
iré a saber lo que ha sido,
penetrando a todas partes
[los cóncavos] de los montes, 255
[y los senos] de los mares.

Vanse el Tetrarca, Filipo, y Malacuca.

MARIENE Toda soy horror.
LIBIA El mar
es monumento inconstante
de [un] mísero, que rendido
entre sus espumas trae. 260
SIRENE Ya tu esposo, el gran Tetrarca,
[con generosas piedades]

241-244 La acción del Tetrarca altera el orden de los elementos.
242 "y" (M1), por "o" (EP)
251 "acaso," en el sentido de *por acaso* (*DA*).
255 "los cóncavos" (M1), por "las entrañas" (EP).
256 "y los senos" (M1), por "los combates" (EP).
259 "un" (M1). Falta en EP.
262 "con generosas piedades" (M1, VT). Falta este verso necesario para la rima en asonante del romance en á – e.

	movido, [al] bajel humano	
	[ha dado puerto] en la margen.	
MARIENE	El puñal, que fue cometa	265
	de dos esferas errantes,	
	harpón del arco del cielo,	
	clavado en un hombro trae.	
LIBIA	Tolomeo es, ¡ay de mí!	
	—mas bastaba ser mi amante	270
	para ser tan infelice—	
	¡Qué prodigio tan notable!	
	¡Qué espectáculo tan triste!	
MARIENE	¡Qué asombro tan admirable!	
	Vamos de aquí, que no tengo	275
	ánimo para mirarle. *Vanse.*	

[*Vuelven a salir el Tetrarca, Filipo, y los criados que traen a Tolomeo con el puñal clavado*]

TETRARCA	Ya del mar estás seguro	
	infelice navegante.	
	Así la mortal herida	
	diera treguas a mis males.	280
TOLOMEO	Detente, señor, detente.	
	Ese puñal no me saques,	
	porque al ver la puerta abierta	
	sus espíritus no exhale	
	el alma. Ya que los cielos	285
	solamente en esta parte	

263 "al" (M1, VT), en vez de "el" (EP), errata. "bajel humano." Calderón utiliza esta metáfora para describir a Tolomeo como un caso de fortuna.

264 "ha dado puerto" (M1, VT). Variante que enmienda la corrupción del texto EP ("puerto ha tomado").

266 "dos esferas errantes." Calderón parece referirse al aire y el agua.

272-274 Serie de ecfonemas, típicos de la estilística calderoniana.

281 "detente"..."detente." Epanadiplosis.

son piadosos, pues me dan
para verte y para hablarte
tiempo, no se pierda el tiempo.
Mi muerte y la tuya sabe. 290

TETRARCA ¿Tolomeo?

TOLOMEO Sí, señor.

TETRARCA Llevadle de aquí, llevadle
a curar.

TOLOMEO Aqueso no;
que cuando el riesgo es tan grande,
menos importa mi vida 295
que la tuya; y así, antes
que acabe mi poco aliento,
desdichas que son tan grandes,
oye las tuyas, señor;
y cuando helado cadáver, 300
me falte el tiempo al decirlas,
al saberlas no te falte.
Otaviano en tierra y mar,
ondas ocupando y valles,
llegó [a Epiro], salió Antonio 305
con tu socorro a buscarle,
de Cleopatra acompañado,
en el Bucentoro, nave
que labró para él Cleopatra
de marfiles y corales. 310
A los principios fue nuestra
—¡fuerte pena, injusto trance!—
[la fortuna], pero ¿cuándo

---

292 "Llevadle"..."llevadle." Epanadiplosis.

305 "a Epiro," en vez de "al Piro" (EP), errata. Esta es la correcta lectura del pasaje y no "a Egipto" como indican el manuscrito (1) y Vera Tassis. Accio, antiguo Actium, está situada al sur del Epiro, en el golfo de Ambracia, en el norte occidental de Grecia.

313 "la fortuna" (M1, VT), por "la vitoria" (EP).

estuvo firme un instante?
Enojáronse las ondas, 315
y el mar, [Nemrod] de los aires,
montes puso sobre montes,
ciudades sobre ciudades;
[tan en favor de Otaviano,
que gozando favorable 320
de barlovento, y nosotros,
padeciendo sus embates,
fue fuerza que nuestra armada,
como estaba hacia la parte
del puerto, al abrigo suyo, 325
rota, ventada, se ampare,
bien que tan rota y deshecha,
que si la sigue el alcance
Otaviano en él, no dudo
que la eche a pique o la abrase.] 330
A la campaña del mar,
[salió] impelida mi nave,
caballo fue desbocado,

---

316 "Nemrod," también Nimrod, en vez de Nembrot (EP), forma popular. Antiguo héroe que pasó a ser símbolo del cazador infatigable.

317-318 Ejemplos de epanadiplosis.

319-330 Según el manuscrito (1). Estos versos describen poéticamente la batalla naval de Accio. En la edición príncipe la relación es más breve y no corresponde con lo que se dice más adelante: "La armada del enemigo / como estaba hacia la parte / del puerto, abrigada en él, / quiso el cielo que se ampare. / Mas la nuestra, dividida, / deshecha y sin orden sale."

332 "salió," en vez de "donde" (EP), variante necesaria para hilvanar con el pasaje anterior.

333 Tolomeo utiliza aquí la imagen del caballo desbocado, que ha pasado a ser un rasgo característico del estilo calderoniano desde la aparición de mi artículo seminal, "El emblema de la caída del caballo," cuya primera versión fue presentada como conferencia de literatura comparada en un club de la Universidad de Harvard (1961).

que no hay freno que le pare;
Atormentada, en efecto, 335
desmantelado el velamen,
los árboles destroncados,
enmarañados los cables,
y trayendo, finalmente,
arena y agua por lastre, 340
a vista ya de las torres
[que divisa el mar de Jafe],
fue ruïna de un escollo;
y aquí una tabla, a los [ayes]
repetidos fue delfín 345
enseñado a sus piedades.
¿Quién creerá que la fortuna
[en] un hombre, que se vale
de la piedad de un fragmento,
pudiera hacer otro lance? 350
Yo lo afirmo, pues yo vi
de acero un cometa errante
contra este humano bajel
correr la esfera del aire.
Este, pues, que de mi vida 355
tasando está los instantes,
sólo el decir [me] permite
que tu enemigo triunfante
queda en Egipto, y Antonio,
o rendido o muerto yace; 360

---

342 "que divisa el mar de Jafe" (M1), por "de Jerusalén la grande" (EP). La quinta de Mariene está situada en Jafe, y aunque Calderón va a colocar a Jerusalén junto al mar, la variante del manuscrito parece más oportuna.

344 "ayes" (M1, VT), por "aires" (EP).

344-346 Metáfora. Calderón recoge la tradición popular basada en numerosos casos reales, de náufragos que han sido salvados por delfines.

348 "en" (M1, VT), por "era" (EP).

357 "me" (M1, VT), por "no" (EP).

que de Aristóbolo, hermano
de tu esposa, no se sabe;
y, en fin, que tus esperanzas,
como el humo, se deshacen.
Y ya que de tus desdichas, 365
siendo el todo, no soy parte,
dales sepulcro a las mías;
aunque las mías son tales,
que ellas se harán su sepulcro,
pues tienen para labrarle 370
sangre y acero, y podrán
enternecer un diamante;
que aun los diamantes se rinden
al acero y a la sangre.

TETRARCA Ser un hombre desdichado 375
todos han dicho que es fácil,
y yo digo que es difícil,
porque es estudio tan grande
aqueste de las desdichas,
que no le ha alcanzado nadie. 380
Quitadme ese asombro, ese
funesto horror, de delante.
Llevadle donde le curen. *Llévanle.*
Y aquese puñal guardadle,
que importa saber qué debo 385
hacer de él; que ya él me hace
tenerle por prodigioso.
¡Ay Filipo! Hagan alarde
mis suspiros de mis penas,

---

361 "Aristóbolo." Forma popular de Aristóbulo. El nombre está tomado de Josefo. El personaje histórico fue, en efecto, el cuñado de Herodes, pero había muerto en el 35 a.J., cuando era muy joven. Calderón inventa la personalidad y el itinerario de sus personajes, de acuerdo con la acción dramática que lleva a las tablas.

389-390 Anáfora y metábole.

mis lágrimas de mis males. 390
FILIPO Señor, los grandes sucesos
para los sujetos grandes
se hicieron, porque el valor
es de la fortuna examen.
Ensancha el pecho, que en él 395
cabrán todos tus pesares,
sin que, a la vez, ni a los ojos
se asomen.
TETRARCA ¡Ay!, que no sabes,
Filipo, cuál es mi pena,
pues quieres darle esa cárcel. 400
FILIPO Sí sé, pues sé que has perdido
tal república de naves.
TETRARCA No es su pérdida la mía.
FILIPO Serálo el mirar triunfante
a tu enemigo.
TETRARCA No tengo 405
miedo a las adversidades.
FILIPO De Aristóbolo, tu hermano,
ni de Marco Antonio sabes.
TETRARCA Cuando sepa que murieron,
tendré envidia a bien tan grande. 410
FILIPO Los prodigios del puñal
preñeces son admirables.
TETRARCA Al magnánimo varón
no hay prodigio que le espante.
FILIPO Pues si prodigios, fortunas, 415
pérdidas y adversidades
no te rinden, ¿qué te rinde?
TETRARCA ¡Ay Filipo!, no te canses

391-394 Filipo es un cortesano que goza de la confianza del poderoso Tetrarca. Aconseja a su rey con esta máxima de corte estoico (véase el tratado *De providencia*, de Séneca, III, 4).

en [adivinarlo], puesto
que mientras [no] adivinares 420
que es amor de Marïene,
todo es discurrir en balde.
Todos mis intentos [fueron]
entrar con ella triunfante
en Roma, porque no tenga 425
que envidiar mi esposa a nadie.
¿Por qué ha de gozar belleza
—que no hay otra que la iguale
[en fe de marido]—un hombre
[si] hay otro que le aventaje? 430
Piérdase la armada, muera
el césar Antonio, falte
Aristóbolo, Otaviano
de un polo a otro polo mande,
[con trágicas] prevenciones 435
hoy los cielos me amenacen,
vuelva el prodigioso acero
a mi poder; que a postrarme
nada basta, nada importa

---

419 "adivinarlo" (M1, VT), por "admirarlo" (EP).

420 "no" (M1, VT), falta en EP.

421 Calderón recoge la idea del gran amor de Herodes por Mariene de la *Guerra de los judíos*, de F. Josefo. El dramaturgo utilizó probablemente la versión latina del texto helénico, *De bello judaico*, de la que había varias ediciones. Había también una traducción al español (*De la guerra Judaica con los libros contra Appión*, Sevilla, 1492). El historiógrafo describe este amor como "un ardor que le consumía y que aumentaba de día en día" (I, 436). El Tetrarca goza del amor físico de la bella hasmonea que le absorbe y que dirige sus pasos.

423 "fueron" (M1), en vez de "son" (EP).

429 "en fe de marido" (M1), por "error del mérito" (EP).

430 "si," por "que" (EP).

435 "con trágicas" (VT), por "con frías" (EP). A EP le falta una sílaba en el octosílabo.

—siempre con igual semblante—, 440
sino solamente el ver
que yo no he sido bastante
a hacer reina a Marïene
del mundo; y ya en esta parte
dirás, y diránlo todos, 445
que es locura; no te espantes,
que cuando amor no es locura,
no es amor; y el mío es tan grande,
que temo, advierte Filipo,
que pasando los umbrales 450
de la vida, y que llegando
de la muerte a esa otra parte,
ha de quedar en el mundo
por un prodigio admirable
de las fortunas de amor 455
a las futuras edades. *Vanse.*

Salen Otaviano y soldados.

OTAVIANO Felice es la suerte mía,
pues de Egipto victorioso,
dilato la monarquía
de Roma, dueño famoso 460
de los términos del día.
Cante, pues, victoria tanta
la fama, y, en testimonio
de que a todas se adelanta,

447-448 "que cuando amor no es locura, / no es amor." Herodes, de acuerdo con el criterio de los dramaturgos del Siglo de Oro, concibe la pasión del amor como una inclinación que no atiende al consejo de la razón.

449 "Filipo." Cortesano de confianza del Tetrarca. Herodes tuvo un hijo con ese nombre, según informa F. Josefo. Fue el fruto del quinto matrimonio del monarca, realizado con Cleopatra de Jerusalén. Calderón inventó la caracterización literaria, recogiendo del personaje histórico la confianza que existió entre el rey y su hijo.

sea triunfo de mi planta 465
hoy Cleopatra y Marco Antonio.
Presos a los dos procura
llevar mi heroica ventura,
porque lidiador bizarro,
sean fieras de mi carro 470
el poder y la hermosura.

Salen Malacuca, Aristóbolo, y un Capitán

CAPITÁN Aunque habemos discurrido
de Cleopatra el gran palacio
hallarla no hemos podido,
ni a Antonio, porque su espacio 475
laberinto de oro ha sido.
Solamente hemos hallado
a Aristóbolo, cuñado
del que hoy en Jerusalén
Tetrarca asiste, de quien 480
nos informó este crïado.
Tu contrario fue; y así
porque averigües aquí

467-471 Otaviano piensa ostentar la victoria con una procesión triunfal en Roma, en la que vayan encadenados a su carro, Antonio y Cleopatra, indicando así que domina el poder y la hermosura.

477-481 El dramaturgo emplea el clásico recurso de la confusión de identidades. Malacuca, a instancias de Aristóbolo, se hace pasar por el príncipe, mientras que éste simula ser el criado. La situación bufa es extremadamente cómica, dada la figura estrafalaria del gracioso. El nombre de *malacuca* lo había utilizado Quevedo con el sentido de "hombre malicioso y de genio dañado" (*Diccionario de Autoridades*). Cuca significa oruga, polilla, bicho, sabandija. Puede indicar también un tipo de garza grande de vuelo torpe. Cuca es, además, el femenino de cuco, adjetivo que se aplica a un hombre taimado y astuto que mira por su medro y comodidad. Calderón tiene presente este complejo semántico para la creación de su personaje cómico.

sus designios, le traemos
de la parte en que le habemos 485
hallado. Llega.

MALACUCA ¡Ay de mí!
[*Aparte*] (¿Cuál diablo me metió, cuál
cielos, en engaño igual?
¿No son notables errores
que otros vivan de traidores 490
y yo muera de leal?)

ARISTÓBOLO [*Aparte a Malacuca*] (Si así la vida me das
no temas; seguro estás
que yo a ti te la daré.
Disimula.)

MALACUCA [*Ap*]. (Yo lo haré 495
hasta que no pueda más.)
Grande césar Otaviano,
cuyo renombre inmortal
el tiempo asegura ufano
en láminas de metal, 500
que intenté [borrar] en vano;
no manches, no, riguroso
los aplausos que has tenido
con sangre; que es ser piadoso
vencedor con el vencido, 505
ser dos veces victorioso.

OTAVIANO [*A Malacuca*] Aunque pudiera, ¡oh valiente
Aristóbolo!, vengarme
en tu vida dignamente
de ti y tu hermano, mostrarme 510
quiero piadoso y clemente.
Alzate del suelo, y pues

---

487 "cuál. . . cuál." Epanadiplosis.

492-495 Se ha relacionado este pasaje con otro similar de *El alcalde de Zalamea* (I, 821-822). Véase Hesse (153).

501 "borrar" (M1, VT), por "tomar" (EP).

el fin de mis glorias es
entrar en Roma triunfante
con Marco Antonio delante 515
y con Cleopatra a los pies,
dime dónde están; que no
he sabido de ellos yo,
desde que aquel Bucentoro,
armada nave de oro, 520
de la batalla salió.

MALACUCA Yo de los dos te dijera,
si yo de los dos supiera;
pues por mis discursos hallo
que hiciera más en callallo 525
yo, que en decírtelo hiciera.
Mas, desde que llegué aquí,
nunca mas a los dos vi.

OTAVIANO Eso no es agradecer
mi piedad. Yo he de saber 530
de ellos, y ha de ser así:
¡Hola!

CAPITÁN Señor.

OTAVIANO Al infante
Aristóbolo llevad
a una torre, y ni un instante
goce de la claridad 535
del sol; [la sombra] le espante
de su noche.

MALACUCA (Aquí llegó, [*Ap. a Aris.*]
señor de tu engaño el fin.)

ARISTÓBOLO [*Ap. a Malacuca.*]
(Sufre.)

MALACUCA (¿Torre oscura yo?)

OTAVIANO Llevadle.

522-523 "Yo de los dos. . . si yo de los dos." Repetición anafórica.
536 "la sombra" (M1, VT), en vez de "su noche" (EP).

MALACUCA [*Ap.*] (El demonio sin 540
duda me Aristoboló.)
Que yo...
CAPITÁN Calla.
MALACUCA ¿Qué es callar?
¡Vive Baco, que he de hablar!
¿Yo príncipe? Muy errado,
muy [cerrado] y muy culpado 545
soy.
OTAVIANO ¿Qué tenéis que esperar?
Y ese crïado, primero,
padezca un tormento fiero,
o muera en él de leal.
MALACUCA ¡Que es tormento!
[*Ap.*] (Mal por mal, 550
torre pido, noche quiero.)
Vamos a la torre; yo
soy Aristóbolo, no
príncipe errado, [según]
decí[a]. [*Ap.*] (Sin duda algún 555
ángel me Aristoboló.)
ARISTÓBOLO Enfrena un poco el rigor;
sabrás de los dos, señor;
y, de mi voz advertido,
oirás que los dos han sido 560
funestos triunfos de amor.
Apenas rota su armada

541 "me Aristoboló." Calderón crea neologismos derivando de un nombre propio un verbo. El ejemplo clásico se encuentra en *La vida es sueño* ("que vosotros fuisteis quien / me Segismundasteis," PP II, ed. VB, III 2272-2273)

545 "cerrado" (VT), por "errado" (EP).

554 "según" (M1, VT), por "Sigon" (EP).

555 "a" (M1, VT), por "d" (EP).

562-571 Se compara la nave Bucentoro con un pez y con un ave, en un intercambio de elementos que señala la turbamulta de la naturaleza ante

vio Antonio, cuando la [alada]
nave, haciéndose a la vela,
nada, pensando que vuela, 565
vuela, pensando que nada,
pues con ligereza suma,
pez sin escama nadaba,
ave volaba sin pluma;
tan veloz, que no le ajaba 570
un solo rizo a su espuma.
A Menfis, en fin, llegó
donde rehacerse pensó
de la pérdida, y tornar

---

las pasiones desatadas. Rosaura expresa en *La vida es sueño* un concepto similar al de los versos 568-569, cuando dice: "pájaro sin matiz, pez sin escama" (PP II, ed. VB, I, 4). El personaje femenino se refiere al bruto que la ha descabalgado, con lo que se proclama la confusión de los instintos al comienzo de esa obra.

562-631 Esta relación presenta una acción, la del destino trágico de Antonio y Cleopatra, *iconos* del poder y la hermosura, que anuncia el fin cruento de Herodes y Mariene. La muerte sesga las vidas de los amantes en ambos casos. En el episodio del romano y la egipcia, a causa de un doble suicidio ante la ruina de sus aspiraciones; en la trama de los monarcas judíos, debido a un suicidio y una muerte involuntaria. Existe una diferencia importante en el tratamiento literario de las dos historias. Marco Antonio y Cleopatra unen sus vidas a través de la muerte ("aun no divide la muerte / a dos que junta el amor"), mientras que Herodes cumple la profecía del mago, perdida la unión con su esposa; se realiza un rompimiento interior entre ellos. La concepción pagana aceptaba el consejo estoico de que ante la fortuna insufrible el suicidio abría la puerta de la libertad. Sobre la relación de las dos historias véase "Función temática de la historia de Antonio y Cleopatra en *El mayor monstruo del mundo*," de R. Chang-Rodríguez y E. J. Martin.

563 "alada" (M1, VT), por "hallada" (EP).

572 "Menfis." Memphis. Antigua capital de Egipto, durante el período intermedio, cuya fundación se atribuye a Menes, conocido también con el nombre de Narmer. Esta ciudad de las blancas murallas junto al Nilo, al norte del Cairo, centralizó el imperio egipcio.

a la campaña del mar, 575
que tantas desdichas vio;
mas viendo que le seguías
a Menfis, y que traías
de tu parte a la fortuna,
pues al orbe de la luna 580
con alas tuyas subías;
lamentando mal y tarde
la pérdida de su gente,
sin que a ser despojo aguarde,
del extremo de valiente 585
dio al extremo de cobarde;
pues ciego y desesperado
al panteón, colocado
a egipcios reyes, entró,
y una sepultura abrió, 590
donde vivo y enterrado,
dijo, sacando el acero:
"Nadie ha de triunfar primero
de mí que yo mismo; así
triunfo yo mismo de mí, 595
pues yo mismo mato y muero."
Cleopatra, que le seguía,
viendo que ya agonizaba,
bañado en su sangre fría,
cuyo aliento pronunciaba 600
más, cuanto menos decía:
"Muera—dijo—yo también;
pues por piedad o por ira,
no cumple con menos quien
llega a querer bien y mira 605
muerto a lo que quiso bien."
Y asiendo un áspid mortal
de las flores de un jardín,

591 Antítesis.

dijo: "Si otro de metal
dio a Antonio trágico fin, 610
tu serás vivo puñal
de mi pecho; aunque sospecho
que no moriré a despecho
de un áspid, pues en rigor
no hay áspid como el amor, 615
y ha días que está en mi pecho."
Y él con la sed venenosa
hidrópicamente bebe,
cebado en Cleopatra hermosa,
cristal que exprimió la nieve, 620
sangre que exprimió la rosa.
Yo lo vi todo, porque
así como aquí llegué,
el palacio examinando,
a Aristóbolo buscando, 625
hasta el sepulcro me entré,
donde él, rendido al valor,
y ella postrada al dolor,
yacen, porque de esta suerte
aun no divide la muerte 630
a dos que junta el amor.

OTAVIANO Aquí dio fin mi esperanza,
aquí murió mi alabanza,
pues por asombro tan fuerte,
no ha de pasar mi venganza 635
los umbrales de la muerte.
Ya triunfar de ellos no espero;
que yo solamente quiero
saber qué intento ha obligado
al Tetrarca, tu cuñado, 640
para que sañudo y fiero

620-621 "Exprimió... exprimió." Repetición.
632-633 Anáfora.

te enviase contra mí.
MALACUCA Si tú estás diciendo aquí
que es cuñado, ¿no es error
preguntarme qué es, señor, 645
su intento? Pues dice así:
que lo que a esto le ha obligado
es el verme de esta suerte,
pues sólo me habrá enviado
a que tú me des la muerte, 650
propia alhaja de un cuñado.
CAPITÁN Si examinar su intención
quieres, yo te la diré,
pues con aquesta ocasión
este cofre les quité. 655
Joyas y papeles son
los que hay en él.
OTAVIANO Muestra a ver.
Cifra es del mayor poder
su inestimable riqueza;
mas la pintada belleza 660
de una extranjera mujer
es la más [rica] y mejor
joya, la de más valor.
(¡No vi más viva hermosura)
que [el alma de esta] pintura!) 665
ARISTÓBOLO [*Ap.*] (Atento el emperador
mira el retrato fïel;
mas, ¡ay fortuna crüel!,
ver los papeles porfía.

---

662 "rica" (M1), en vez de "noble" (EP).

664-665. Otaviano se enamora de la hermosura pintada. 665 "el alma de esta," en vez de "es alma de la" (EP). La anécdota parece inspirada en un pasaje de *Antigüedades Judaicas* (XV, 25-28). Alejandra, la madre de Mariamne y Aristóbolo, mandó a Marco Antonio, un retrato de los dos.

¡Mal haya el hombre que fía 670
sus secretos a un papel!)

[*Saca Otaviano del cofrecillo una carta y pónese a leerla*].

OTAVIANO *Lee*. "En esa facción está el fin de mis deseos, pues no espero para declararme emperador de Roma, sino que Otaviano rendido, o preso,..."*
¿Qué tengo que saber más?
Y pues sospechoso estás,
y aun convencido conmigo,
mientras pienso tu castigo, 675
en una torre estarás.

MALACUCA No son buenos pensamientos
andar pensando tormentos.
¿No será mucho mejor,
que no castigos, señor, 680
pensar gustos y contentos?

OTAVIANO Llevadle de aquí.

MALACUCA Escuchar
debes, que...

OTAVIANO No hay que aguardar.

670-671 Calderón tiene un estilo sentencioso. A veces, recoge frases proverbiales de colecciones medievales. Expresa aquí la idea de que no se debe poner por escrito pensamientos que pueden comprometer la reputación de una persona. En *La devoción de la cruz*, utiliza el mismo proverbio ("Mal haya el hombre, mal haya / mil veces aquel que entrega / sus secretos a un papel," S. F. Wexler, I, 117-119.

* El recurso de la lectura de una carta interpolada, en prosa, en la comedia fue divulgado por Lope de Vega. Calderón sigue al maestro de escuela. Las líneas de la carta no forman parte de las quintillas de la escena. Esta carta es distinta en el manuscrito 1, en donde se provee una minuciosa información, prolija e innecesaria. En la EP, la redacción es sucinta y revela claramente la intención del Tetrarca.

679-681 Hipérbaton.

MALACUCA Sí hay.
OTAVIANO Di.
MALACUCA Solamente digo,
que no hay que esperar castigo, 685
pues no me dejas hablar.

Vanse [los soldados con Malacuca].

OTAVIANO Tu partirás al momento
con gente y armas, y atento
a mi cesárea obediencia,
traerás preso a mi presencia 690
al Tetrarca; que es mi intento
que como a César me dé,
del tiempo que ha gobernado,
residencia. Y tú, porque,
en efecto, eres crïado, 695
en quien tal lealtad se ve,
darte libertad espero;
pero por rescate quiero
que ya liberal me des
el decirme, cúyo es 700
este retrato.
ARISTÓBOLO [*Ap.*] (Aquí muero
de confusión: si le digo
quién es,a amarla le obligo;
desesperarle es mejor.

692-694 Dar residencia. Dar cuenta administrativa del gobierno delegado (*Tesoro de la lengua*).

701-707 Aristóbolo, que ha observado el interés personal del César por el retrato de Mariene, inventa la patraña de que pertenece a una beldad muerta con la intención de evitar el deseo del poderoso por la mujer de su señor. La estrategia es contraproducente, pues no aminora el sentimiento de Otaviano y conduce a una fuerte pasión. Este engaño tiene cierto paralelismo con el de Pedro Crespo, cuando esconde a su hija, Isabel, para que no la vean los soldados.

Halle imposible su amor 705
al principio; así consigo
su quietud). Esa pintura,
sombra ya de una escultura,
ceniza de un rayo ardiente,
es memoria solamente 710
de una difunta hermosura.

OTAVIANO ¿Muerta es esta mujer?

ARISTÓBOLO Sí.

OTAVIANO [*Ap.*] (¿Para qué, amor, ¡ay de mí!,
sin esperanzas la veo?)

ARISTÓBOLO [*Ap.*] (Bien se logró mi deseo.) 715

OTAVIANO Libre estás, vete de aquí.

[*Vase Aristóbolo.*]

La muerte y el amor una lid dura
tuvieron sobre cuál era más fuerte,
viendo que a sus arpones de una suerte
vida [ni] libertad vivió segura. 720
Una hermosura, amor, divina y pura,
perfeccionó, donde su triunfo advierte;
pero borrando [su esplendor] la muerte,
triunfó así del amor y la hermosura.
Viéndose amor entonces excedido, 725
la deidad de una lámina apercibe
a quien borrar la muerte no ha podido.
Luego bien el laurel amor recibe,
pues de quien vive y muere dueño ha sido,
y la muerte lo es sólo de quien vive. 730

[Vase]. Sale Libia sola por una puerta.

---

720 "ni" (VT), por "mi" (EP).

723 "su esplendor" (M1), por "tanto Sol" (EP). La variante del manuscrito da más empaque y belleza al endecasílabo del soneto.

LIBIA Por las faldas lisonjeras
de estos elevados riscos,
que son del puerto de Jafe
enamorados narcisos,
a divertir mis pesares 735
melancólica he salido,
por no escuchar los ajenos,
pudiendo llorar los míos.
Sola estoy; salga del pecho
en acentos repetidos 740
mi dolor. ¡Ay Tolomeo!,
en tanto que lloro y gimo
desdichas tuyas, admite
este llanto que te envío.
Bastaba quererte bien 745
para que, ¡rigor impío!,
te sucediese mal todo,
tropezando en tus peligros.
Cuando victorioso, ¡ay triste!,
te esperaba el pecho mío, 750
dulce fin de tus amores,
¡muerto has llegado y vencido!

[*Cantando y representando y salen Mariene y Sirene*]

731-732 "Por las faldas lisonjeras / de estos elevados riscos..." El comienzo de este romance introduce la reflexión interna de un personaje femenino que va a examinar sus cuitas ante la naturaleza. Sigue en ello una fórmula literaria muy empleada en el renacimiento. La historia de Libia y su amante Tolomeo constituye una subtrama, que refleja la acción principal de Mariene y Herodes en un nivel más bajo. Las aspiraciones de la dama al servicio de la reina son paralelas a las de ésta y su esposo, y, como en su caso, ante la fuerza del destino ella se sumerge en la melancolía. Sobre este tema véase *Voices of Melancholy*, de Bridget Gellert Lyons.

SIRENE Casta Venus de estos montes,
si a divertir has venido
con la música y las flores 755
los ojos y los oídos,
la atención vuelve y la vista
a ese bruto cristalino,
pues son flores sus celajes
y música sus bramidos. 760
MARIENE Nada puede para mí
servir, Sirene, de alivio.

Salen el Tetrarca y Filipo.

FILIPO Este es, señor, el puñal,
que, ya una vez despedido
de tu mano, vuelve a ella. 765
TETRARCA Ya con asombro le miro
como a fatal instrumento.
Mas di: ¿cómo se ha sentido
Tolomeo?
FILIPO No es la [herida]
señor, de tanto peligro, 770
como la falta de sangre.
TETRARCA Marïene.
MARIENE Esposo mío.
TETRARCA Girasol de tu hermosura,

---

753 "Casta Venus." Oxímoron. Venus, diosa romana, originalmente *numen* de los jardines. Se identificó con la diosa griega Afrodita. Simboliza la belleza, aquí caracterizada por el epíteto de casta.

753-760 Este parlamento de Sirene se ha ampliado en el manuscrito 1, en donde se introduce una escena en la que Sirene canta la letra "Por que aun no me consuelen / lágrimas y suspiros..."

763-767 El puñal vuelve a las manos del Tetrarca y adquiere una personalidad espectacular.

769 "herida" (M1, VT), por "vida" (EP).

773 "Girasol de tu hermosura," el Tetrarca se compara con la flor de

la luz de tus rayos sigo,
bien como la flor del sol, 775
cuyos celajes y visos,
iluminados a rayos,
tornasolados a giros,
le van siguiendo, porque
imán del fuego atractivo, 780
le hallan su vista o su ausencia,
ya luciente o ya marchito.

MARIENE Ya que del fuego te vales,
sea amor o sea artificio,
yo también; pues como aquella 785
ave, que tuvo por nido
y por sepulcro la llama,
enamorando el peligro,
bajel de púrpura y oro,
bate los remos de vidrio; 790
así yo, que a tantos rayos
vida, muriendo, recibo,
hasta que abrasada muera,
me parece que no vivo.

TETRARCA Dejadnos solos.

Vanse [Filipo, Libia y Serene]

Ya, pues 795
que serán mudos testigos

---

esta planta que se torna hacia el sol. Indica, en la retórica de amor, que el caballero está siempre pendiente de su dama. Metáfora muy usual en los textos calderonianos.

783-794 Mariene contesta con otra metáfora al compararse con el ave Fénix. Este pájaro fabuloso se quemaba en una hoguera de la que renacía de sus cenizas. Simbolizaba la eternidad. Mariene, como el ave fénix, aventa los rayos del amor para morir y renacer en el fuego que producen. La relación asocia la idea de los cuatro elementos (aire, fuego, agua –"bajel", tierra – "nido"). Véase E. Wilson, "The Four Elements..."

de mis lágrimas y voces
estos mares y estos riscos,
salgan, Marïene hermosa,
afectos del pecho mío 800
en lágrimas a las ondas
y a las peñas en suspiros.
Este sangriento puñal,
sacre de acero bruñido
—que no con poca razón 805
sacre de acero le digo,
pues cuando desembrazado
de mi mano le despido,
con la presa vuelve a ella,
de sangre y de horror teñido—, 810
es aquel que la [dudosa]
ciencia de un astro previno
para homicida de quien
más adoro y más estimo.
Y, aunque es verdad que constante 815
a peligrosos juïcios
no doy crédito, y desprecio
los contingentes delirios
del hado y de la fortuna
—dioses que coloca el vicio—, 820
no sé qué nuevo temor
en mi pecho ha introducido
verle volver a mi mano,
que ya le temo y le admiro;
y entre el miedo y el valor 825

---

804 "sacre de acero bruñido." Se compara el puñal a un halcón.

811 "dudosa" (M1, VT), por "Duquesa" (EP).

815-824 Como dijimos, el Tetrarca es producto del ideario del barroco, y no da crédito inicialmente al futuro contingente, anunciado por la predicción astrológica, ni ante el cambio de la fortuna. Sin embargo, su seguridad empieza a resquebrajarse ante el prodigioso puñal.

ya cobarde, ya atrevido,
sitiado dentro de mí,
me quiero dar a partido;
porque, aunque bien yo no creo
los acasos prevenidos, 830
no los dudo; que no ignoro
que ese estrellado zafiro,
república de luceros,
vulgo de astros y de signos,
a quien le sabe leer 835
es encuadernado libro,
donde están nuestros alientos
asentados por registro.
Y así, ni dudando bien,
ni bien creyendo, imagino 840
que el varón perfecto debe
a los sucesos previstos
darlos al crédito en una
parte, y en otra al olvido;
aquí para no esperarlos, 845
y allí para prevenirlos;
pues, señor de las estrellas,
por leyes de su albedrío,
previniéndose a los riesgos,
puede hacer virtud del vicio. 850
Yo, pues, entre dos afectos,
vacilante y discursivo,
ni creyendo, ni dudando,
el puñal a tus pies rindo.
Tú eres, bellísima hebrea, 855
la luz hermosa que sigo,
la beldad que sólo adoro,
la imagen que sólo admiro.
No es posible que yo quiera

855-858 Metáboles.

si inmortal al tiempo vivo, 860
otra cosa más que a ti;
tanto, que mil veces digo
que el mayor monstruo del mundo
que te amenaza a prodigios,
es mi amor, pues por quererte, 865
a tantas cosas aspiro,
que temo que él ha de ser
ruina tuya y blasón mío.
Pues si lo que yo más quiero
eres tú, y el cielo mismo 870
no puede [hacer] que no seas
sin borrar lo que ya hizo,
tú eres a quien amenaza
ese hermoso basilisco,
que en tus pies se disimula 875
entre dos cándidos lirios.
Yo quise hacer imposible
tu muerte, cuando atrevido
arrojé al mar el puñal;
pero habiendo una vez visto 880
que aun en él no está seguro,
pues por casos exquistos
podrá llegar donde estés
siempre ignorando el peligro;
para más seguridad 885
tuya, cuerdo he prevenido
que tú, árbitro de tu vida,

871 "hacer" (M1), por "ser" (EP).

874 "hermoso basilisco." Oxímoron. Metáfora que describe al puñal del Tetrarca. Basilisco era una serpiente que escupe veneno. La tradición antigua y medieval le adornó con mitológicos poderes.

874-876 El Tetrarca, al ofrecerle la daga y colocarla a sus pies, compone una figura emblemática relacionable con la serpiente del pecado mortal a los pies de María, madre de Dios. Los lirios son metafóricamente los pies de la dama.

traigas [tus hados] contigo;
que mayor felicidad
nadie en el mundo ha tenido, 890
que ser, a pesar [del hado],
el juez de su vida él mismo.
La Parca que nuestras vidas
tiene pendientes de un hilo,
para que el tuyo no corte, 895
pone en tu mano el cuchillo.
En tu mano está tu suerte;
vive tú sola a tu arbitrio,
pues al [cortarle] el aliento
podrás embotar[le] el filo. 900
Si es verdad o si es mentira
el hado, no lo averiguo,
mas prevengo los dos males;
pues prudente y advertido,
si es mentira la sospecha, 905
de que la temas te alivio;
si es verdad, con la razón
a hacerla mentira aspiro.
Luego, mentira o verdad
para todo prevenido, 910
yo no puedo darte más
que tu vida; ésta te rindo.
Ese acero y este amor
son hoy tus dos enemigos;
pues mientras yo te corono 915

---

888 "tus hados" (M1), en vez de "tu muerte" (EP).

891 "del hado" (VT), por "dechado" (EP).

893 "La Parca." Parcas, nombre de las tres divinidades romanas que correspondían con las Moiras griegas. Sus nombres eran Cloto, Láquesis y Atropos. Esta última estaba encargada de cortar el hilo de la vida de los mortales y es a la que hace referencia al texto.

899 "cortarle" (M1), por "cercarse" (EP).

900 "embotarle" (VT), por "embotarte" (EP).

de mil laureles y arbitrios
triunfa tú de ése, y al fin
dueño tú de tu albedrío,
guárdate tu vida, tú;
huye tú de tu peligro; 920
hazte tú tu duración;
lábrate tú tus designios;
cuéntate tú tus alientos;
y vive al fin, tantos siglos,
que este amor y ese puñal 925
triunfen de muerte y olvido.

MARIENE Oye, señor; oye, espera;
que, aunque agradezco y estimo
el don que a mis plantas pones,
ni le acepto, ni le admito; 930
que de púrpura manchado
y entre flores escondido,
tanto me estremezco, tanto
en verle me atemorizo,
que muda y helada creo, 935
torpe el labio, el pecho frío,
que soy de aquestos jardines
estatua de mármol vivo.
Mas rompiendo a mi silencio
las prisiones y los grillos, 940
con que en cárceles de hielo
el temor los ha tenido,
quiero declararme, y quiero

917-923 "tú... tú... tú..." Repetición con la que se da énfasis a que sea Mariene la dueña de su destino.

927 "Oye...oye." Anáfora.

930 Anáfora y metábole.

939-1060 Mariene vuelve a la fórmula de la argumentación, lo que da a su expresión un tono intelectual, criticado por Lida de Malkiel (75). Con todo, el parlamento constituye una buena pieza declamatoria, que tenía que satisfacer a la actriz que hiciera este papel.

arguïrte que no ha sido
cuerda determinación 945
—si bien de tu amor indicio—,
la que contigo has tomado
y ejecutado conmigo.
Dejo a una parte, si es bien
el darse por entendido 950
hoy mi amor, de que yo sea
del tuyo sujeto digno;
y creyéndote cortés,
pues por amante y marido
me está tan bien el creerlo, 955
en mi argumento prosigo,
sin tocar si es bien o mal
tampoco haberlo creído;
pues por verdad o mentira,
ya tú en esta parte has dicho 960
que el prevenirlo es cordura,
esperarlo desatino,
y providencia discreta
no esperarlo y prevenirlo.
Y así, esto aparte dejando, 965
vuelvo a mi argumento y digo:
si ese sangriento puñal
es el que crüel y esquivo
el hado, esquivo y crüel,
contra mi pecho previno, 970
¿quién te persuadió, Tetrarca?
¿quién te informó?, ¿quién te dijo
que era la seguridad
de mi vida traer conmigo
la ejecución de mi muerte, 975
y que podrán ser amigos

967, 979 "Si ese...Si ése." Anáfora.
968-969 "crüel y esquivo...esquivo y crüel." Repetición.

[y] hacer buena compañía
la vida y el homicidio?
Si ése mi suerte amenaza
con asombros, ¿es arbitrio 980
para excusar que se encuentren
hacer que anden un camino
los dos, siguiéndose siempre
el acaso y el peligro?
¿Fuera buena prevención 985
en el humano sentido,
para estorbar que se abrase
este supremo edificio
acompañarle del fuego?
¿Fuera acierto conocido 990
para excusar que un espejo
no se quiebre, junto a él mismo
poner piedras en que tope?
Pues piensa que es esto mismo
lo que intentas, pues intentas 995
que nunca estén divididos
ese puñal y este pecho;
y han de ser siempre enemigos,
por más que juntos los veas,
seguridad y peligro, 1000
vida y muerte, [ira y piedad],
sombra y [luz], virtud y vicio,
homicidio y homicida,

---

977 "y" (M1), en vez de "ni" (EP).
983 "los dos." El puñal y el hado.
985, 990 " ¿Fuera... ¿Fuera...." Anáfora.
995 "intentas...intentas." Repetición.
1001 "ira y piedad" (M1), por "y impiedad" (EP). La variante del manuscrito es mejor que la de EP.
1001-1004 Metáboles.
1002 "luz" (M1), por "sol" (EP).

torre y fuego, piedra y vidrio.
Confieso que la razón 1005
es fuerte, cuando advertido
dices que no es ocultarle
remedio, pues ya le vimos
volver del mar a tu mano;
y que será gran martirio, 1010
confieso también, estar
dudando siempre afligido
un pecho quién será ahora
dueño de los hados míos.
Pero entre apartarle tanto 1015
que ignore quién habrá sido,
y acercarle tanto que
sepa que viene conmigo,
hay un medio que es ponerle
con tal dueño y en tal sitio, 1020
que le sepa y no le tema.
Tú le has de traer ceñido;
pues si del juicio me acuerdo,
el mágico no me dijo
que tú darías la muerte 1025
a lo que más has querido
con él, sino que con él
moriría; y pues colijo
que otro podrá aborrecer
lo que tú quieres, delito 1030
fuera, echándole de ti,
dar armas a tu enemigo,
pues podrá venir a manos
de quien me haya aborrecido.
Y así, señor, yo te ruego, 1035
y así, señor, te suplico

1004 Recolección de elementos comparativos.
1035-1036 Anáfora y metábole.

que tú alcaide de mi vida,
traigas el puñal contigo.
Con eso seguramente
sabré que aquel tiempo vivo 1040
que tú le tienes. Que escuches
el argumento te pido:
O tú me quieres o no;
si me quieres, no peligro,
pues a lo que tú más quieres 1045
no has de dar muerte tú mismo.
Si no me quieres, no soy
a quien arrastra el destino
de tu amor, y al mismo instante
de la amenaza me libro. 1050
Luego, olvidada o querida,
mi seguridad te pido,
mis temores desvanezco,
mis quietudes facilito,
mis deseos aseguro, 1055
mis contentos solicito,
mis recelos acobardo,
mis esperanzas animo,
cuando tu amor y mi vida
[triunfen de] muerte y olvido. 1060

TETRARCA Tanto tu vida deseo,
que a ser tu alcaide me obligo.
¡Ojalá fuera verdad,
no prevención, este estilo,
para que nunca murieras! 1065
Y así a tus voces movido,
en tu nombre, [Marïene],
segunda vez me le ciño.

1053-1058 "mis...mis..." Anáfora y metáboles.
1060 "triunfen de" (VT), por "te infunde" (EP).
1067 "Mariene" (M1), por "Irene" (EP).

Cajas.

Pero ¡válganme los cielos!
¿Qué alboroto, qué ruïdo 1070
es éste?

MARIENE El cielo parece
que se hunde de sus quicios.

TETRARCA ¡Qué asombro!

MARIENE ¡Qué confusión!

Sale Filipo [y Libia, cada uno por su lado].

FILIPO Señor.

LIBIA Señora.

TETRARCA Filipo,
¿qué es esto?

MARIENE ¿Qué es esto, Libia? 1075

LIBIA No sé si sabré decirlo.

FILIPO Gente del emperador
Otaviano, tu enemigo,
a Jerusalén ocupa;
y ya todos sus vecinos, 1080
sabiendo que Antonio es muerto,
parciales y divididos
te buscan para prenderte,
diciendo a voces que has sido
la causa de sus traiciones. 1085

MARIENE ¡Ay de mí!

TETRARCA ¡Pierdo el sentido!

MARIENE Huye, señor; ese monte
sea tu sagrado asilo,
porque mejor las desdichas
se vencen en los principios. 1090

1079 "a Jerusalén ocupa." Calderón sitúa arbitrariamente a Jerusalén junto al mar Mediterráneo, cerca de Jafe.

TETRARCA ¿Qué es huir? ¡Viven los cielos,
que tengo de recibirlos!.
MARIENE Mira, señor...
TETRARCA ¿Qué he de ver?
MARIENE Que es un vulgo...
TETRARCA Ya lo miro.
MARIENE ....alborotado.
TETRARCA ¿Qué importa? 1095
MARIENE Tu vida.
TETRARCA Mi vida libro.
MARIENE ¿Cómo?
TETRARCA Poniéndome...
MARIENE ¿Dónde?
TETRARCA ....delante de él.
MARIENE Es [delirio].
TETRARCA No es.
MARIENE ¿Por qué?
TETRARCA Porque con verme
verás que su orgullo rindo. 1100

Tocan.

TETRARCA Adiós, esposa, que ya
segunda vez dan aviso
las cajas.
MARIENE Tente.
TETRARCA ¿Qué temes?

1091-1092 El Tetrarca decide ir a recibir a las huestes de Otaviano. Esta decisión, que está en consonancia con su personalidad, no tiene lugar en el manuscrito 1, en el que un capitán romano hace prisionero al Tetrarca. La versión de la edición príncipe está más cercana a la historia. Herodes fue a entrevistarse con el César, supo atraerse la protección de Octaviano, y emprendió bajo ella un período de edificaciones y romanización durante su reinado.

1098 "delirio" (VT), por "desvarío" (EP). El verso de la príncipe es eneasílabo, en vez de un octosílabo como corresponde al romance en í – o.

MARIENE Temo, señor, tu peligro,
que vas solo.

TETRARCA No voy tal.   1105
tú vas, señora, conmigo,
y este acero, que [me basta]
—si es de la muerte ministro—
a dar asombros al mundo,
a dar al cielo prodigios.   1110

1107 "me basta" (VT), por "resvala" (EP).

SEGUNDA JORNADA

Salen dos soldados con un retrato grande de Mariene

SOLD. 1º Pongamos, Licio, el retrato
sobre el marco de esta puerta;
porque cuando entre y salga
el emperador le vea.
SOLD. 2º Que el más perfecto de cuantos 1115
de la lámina pequeña
se han copiado [es éste.]
SOLD. 1º Ponle
presto, que pienso que llega.
SOLD. 2º Con la prisa que me das,
no sé si bien puesto queda. 1120

Póngale colgado sobre una puerta, y sale Otaviano.

OTAVIANO [*Ap.*] (¡Mal se rinde una pasión,
mal se vence una tristeza!
¡Qué tantos triunfos, que tantos
laureles parte no sean
a echar de mí una memoria 1125
tan imposible, y tan necia!)
SOLD. 1º Como mandaste, señor,
hice luego se hicieran
de este pequeño retrato
[varias] copias; más sólo ésta 1130

1117 "es éste," por "el Liste" (EP).

1121-1126 Otaviano declara su pasión por la beldad pintada que supone muerta.

1130 "varias" (M2, VT), por "mil" (EP). El texto de la príncipe está adulterado. Le falta una sílaba al octosílabo, a más de utilizar el popularismo de mil por muchos.

ha salido parecida.

OTAVIANO Perfecta está. No pudiera
haberla mejor copiado,
cuando ingenioso corriera
los rasgos y los bosquejos 1135
al lienzo desde la idea.
¿Qué nunca me hayáis sabido,
o con maña o con cautela,
de Aristóbolo, quién fuese
alma de esta sombra muerta? 1140

SOLD.1º Con ese intento mil veces
a la torre que le encierra
entré, pero nunca pude
saberlo; que de manera
Aristóbolo ha perdido 1145
el juicio, desde que en ella
está, que es en vano ya,
que hable en razón, ni de veras.

OTAVIANO ¿Qué dices?

SOLD.1º Que todo el día
desatinos dice y piensa 1150
solamente.

OTAVIANO No me espanto,
si la causa que le fuerza
a perder el juicio ha sido,
el perder esta belleza.
[*Ap.*] (¿Cómo es compatible, di 1155
que hoy un mismo efecto sientan

1144-1148 Las soldados achacan el extraño comportamiento del supuesto Aristóbolo, impropio de un príncipe, a que haya perdido la razón. Conclusión semejante a la aceptada por los cortesanos modeneses ante el equívoco de tomar a Gileta por la princesa Diana, en *El acaso y el error*.

1151-1154 Otaviano sospecha que Aristóbolo era el amante de la beldad pintada.

1155-1158 Erotema.

dos, [el] uno, porque te halle,
y el otro porque te pierda?
¡Qué mal hice, cuando necio
de amor y de su violencia, 1160
culpé a Antonio que [adorase]
a aquella gitana, aquella
que en los teatros del mundo
hizo la mayor tragedia!
¡Oh, qué bien vengado está 1165
de mi altivez y soberbia!
Pues para mayor trofeo
con instrumento se venga,
tan fácil [como] un retrato,
y éste de una beldad muerta. 1170

Tocan cajas destempladas.

Mas, ¡válgame el cielo!, cuando
repito con tal tristeza
"muerta beldad," me responden
las cajas y las trompetas
destempladas. ¿Si los cielos, 1175
cuando mi voz les acuerda
que [es] muerta beldad, piadosos
confusamente celebran

1157 "el" (M2, VT). Falta en la príncipe. "porque te halle...porque te pierda." Repetición y antítesis.

1159-1164 Otaviano relaciona la historia de Marco Antonio y Cleopatra con Mariene.

1161 "adorase" (M2, VT) por "adoraba" (EP).

1162 "gitana," forma arcaica por egipcia.

1169 "como" (M2, VT), por "con" (EP).

1174 "cajas." Tambores.

1175-1180 Erotema.

1177 "es," falta en *EP*.

de esta difunta hermosura
las honras y las exequias? 1180

Tocan

Otra vez, ¡dioses divinos!,
destempladamente suenan.)

[Sale] un Capitán.

CAPITÁN Señor, señor...
OTAVIANO ¿Qué es aquesto?
CAPITÁN Espántome que las señas
no te lo digan, pues es 1185
ceremonia usada ésta
de los bárbaros gitanos,
siempre que, rendida o presa,
alguna persona real
en Egipto sale o entra. 1190
OTAVIANO ¿Quién entra o sale rendido?
CAPITÁN El Tetrarca, que gobierna
a Jerusalén.
OTAVIANO Más precio
ver postrada esa soberbia,
que el triunfo que Egipto y Roma 1195
a mis victorias celebra.
Entre él solo, y los demás
queden, Patricio, allá fuera;
que por si acaso mi enojo
tras sí mis acciones lleva, 1200
no quiero que nadie airado
con un rendido me vea.

[Mira el retrato que tendrá en la mano.]

[*Ap.*] (Templad vos, pues sois mi espejo,
mi cólera.)

CAPITÁN Aquí está. Llega.

Entra el Tetrarca y siéntase.

OTAVIANO [*Ap.*] (Aquí es menester valor.) 1205
TETRARCA [*Ap.*] (Aquí es menester paciencia.)
Invicto Otaviano, cuyo
nombre en láminas eternas
el tiempo escriba, dictado
de las plumas y las lenguas, 1210
a tus pies llego ofendido;
porque para que vinieran
mi lealtad y mi valor
a rendirte esta obediencia,
no era menester que fuesen 1215
por mí; y el que hacer intenta
por fuerza, lo que por gusto
pudo, a sí mismo se afrenta,
pues quita a la voluntad
lo que se añade a la fuerza; 1220
dame tu mano.....

[Alarga Otaviano la mano en que no tiene el retrato, y el Tetrarca, al besar la una, mira a la otra]

[*Ap.*] (Mas, ¡cielos!
¿Qué es esto? ¡Qué miro en ella!)
OTAVIANO Si yo de ajenos efectos,
¡Oh Tetrarca!, no estuviera
informado, a tus razones 1225
bastante crédito diera;

1205-1206 "Aquí es menester... Aquí es menester..." Anáfora.
1207-1221 El Tetrarca intenta presentarse como vasallo fiel y trata de esconder su alianza con Marco Antonio.

pero si son destempladas
cláusulas que en ti disuenan
esta presente humildad
con la pasada soberbia, 1230
no violencia, no rigor,
la prevención te parezca,
que con vasallos que son
de los que "¡viva quien venza!"
es fuerza que contra ellos 1235
me aproveche de la fuerza.

TETRARCA [*Ap.*] (¡Mortal estoy! ¡Dadme cielos
valor, que quizá no es ella!
¡Qué ahora me la ocultase!)
Si contra mí te aconseja 1240
quien pretende...

OTAVIANO No presumas
que mal informado hiciera
extremos [tales]. De ti
sé las traiciones que intentas.
Estas firmas te convencen. 1245
De ellas lo sé, pues con ellas
[prendí] a Aristóbolo, a quien
de aqueste palacio encierra
una torre. Tuyas son.
Míralas.

TETRARCA (Yo miro al verlas 1250
mi muerte).

OTAVIANO Tu turbación
acredita mis sospechas.

TETRARCA [*Ap.*] (Y tu indignación las mías.)

OTAVIANO ¿Es presunción o evidencia?

1231 "no violencia, no rigor." Anáfora y metábole.

1243 "tales" (M2, VT), en vez de "de ti" (EP). Se supera el estilo en la variante del M2.

1247 "prendí," en vez de "pretendí" (EP).

TETRARCA Evidencia y presunción. 1255

OTAVIANO Pues cuando todo lo sean,
yo soy Otaviano, yo
soy el que en Egipto llega
a triunfar de Marco Antonio.
Ese gigante de piedra, 1260
que el azul dosel del cielo
le abolla, si no le quiebra,
urna es breve a sus cenizas.
No mi valor, no mi fuerza
le dio muerte, el temor sí 1265
de haberme hecho competencia.
Yo le vencí, yo triunfé
de él, yo soy invicto César
de Roma; el Tíber y el Nilo
humildes mis plantas besan. 1270
Yo soy tu rey y tu dueño.
Por mí, Tetrarca, gobiernas;
estrella eres de mi sol,
aunque aborrecida estrella;
y así cuantos contra mí, 1275
con traiciones, con cautelas
quieran aspirar, negando
a mi poder la obediencia,
haré [yo,¡por] cuántos dioses
esas azules esferas 1280
asisten!, que de laurel
se coronen, para que sean
con un impulso a mis plantas,
con una acción a mis huellas,

1260-1263 Se refiere a una de las famosas pirámides de Giza, Keops, Kefrén o Micerino.

1264 "No mi valor, no mi fuerza." Anáfora y metábole.

1267-1270 Gradación.

1279 "yo, ¡por...," en vez de "guien" (EP).

dos trofeos de una vez 1285
el laurel y la cabeza.

Va poco a poco a la [puerta], donde está el [retrato grande].

Tetrarca. [*Ap.*] (¡Qué esto escuchen mis oídos,
y aquello mis ojos vean,
sin que el valor me despeñe!
Yo he de morir, cosa es cierta, 1290
o a sus manos o a mis celos;
pues él a mis manos muera
y a mis celos.)

[Al entrarse Otaviano, va a darle el Tetrarca. Cae el retrato, y vuelve Otaviano]

OTAVIANO ¿Qué es aquesto?
TETRARCA Es un agravio, una ofensa,
un rencor, una desdicha, 1295
un delirio, una violencia.
OTAVIANO ¡Tú con el desnudo acero,
cuando yo la espalda vuelta,
y entre tu acero y mi espalda
esta hermosa imagen puesta! 1300
¡Tú turbado, yo seguro,

1294-1296 Metáboles.

1297-1300 El Tetrarca, al ver los retratos de su esposa, trata de asesinar al César con "el puñal funesto," pero, en el momento de darle la cuchillada, cae el retrato grande entre los dos y lo clava en la imagen de Mariene. Esta acción tiene un significado simbólico, ya que anuncia la muerte de la reina.

1297-1334 Composición con influencia del *Cancionero*. Se diseminan elementos correlativos que se recogen al final sucintamente. En este ejemplo, se efectúan cuatro recolecciones "¡por ti, por ella y por mí!" y sus variantes).

y ella herida! ¡Tú con muestras
de venganzas, yo de agravios,
y ella de piedad! ¡Tú, muerta
la color, yo vivo [al] riesgo, 1305
y ella, [ofendida y] sujeta!
¡No sé, no sé cómo pueda
dejar de vengar mi ofensa
por ti, por ella y por mí!
Pues, si en mi vida te vengas, 1310
me ofendes, y si en la suya,
también; luego ya a mi cuenta
corre el tomar la venganza
o por mí o por ti o por ella.

TETRARCA Es tan noble mi dolor, 1315
que aunque disculpar pudiera
su furia por no dejar
de haberlo hecho, no lo hiciera
por ti, por ella y por mí;
por ti, porque cuando intentas 1320
mis agravios cara a cara,
también mis venganzas veas;
por ella, porque no piense
de mí tan grande bajeza,
que vi dos retratos suyos, 1325
y tuve al verlos paciencia;
por mí, porque mi dolor
hoy me arrastra, hoy me despeña
a hacer extremos celosos,
que han de ser en la defensa 1330
de Marïene un asombro;
luego el haber hecho, es fuerza,

1305 "al," en vez de "el" (EP).
1306 "ofendida y." "Ofendida" (M2, VT). Por "la deidad" (EP).
1307 "No sé, no sé." Reduplicación.

tan determinada acción,
o por ti o por mí o por ella.

OTAVIANO [*Ap.*] (¡Cielos! ¿Qué es esto qué escucho? 1335
¡Mayor confusión es ésta!
¡Marïene es la luz viva,
a quien yo adoraba muerta!
Engañóme aquel crïado;
mudar el estilo es fuerza.) 1340
Mal, Tetrarca, te disculpa
la piedad o la nobleza
de tu dolor, pues sin causa
a tantos riesgos te empeñas.
Una belleza divina 1345
por sí sola se respeta,
sin que haya más ocasión
que ser divina belleza.

TETRARCA Con todo, es mucho cuidado
tenerla en dos partes puesta; 1350
pues, como un hermoso espejo,
si está entero representa
un rostro, y si está quebrado
dos, pero de tal manera,
que se turba el uno al otro 1355
—así a que te venza—y es[a]
lámina, si fuera una,
fuera de su fama eterna
un cristal que retratara
sus divinas excelencias; 1360

1335-1340 Otaviano descubre ahora que la hermosa beldad retratada, a la que suponía muerta, y amante de Aristóbolo, es Mariene, la esposa del Tetrarca. Herodes tiene un motivo personal en su intento de regicidio. Otaviano, que trata de ser un césar ecuánime, ve la necesidad de mudar su estilo al dirigirse a su súbdito.

1356 "así a que te venza." El Tetrarca está arguyendo y presenta una proposición vencedora. es[a] por es[e] (EP).

pero en dos partes, señor,
tengo por agüero el verla,
porque es espejo quebrado,
que pierde la luz primera;
y siempre dice desdichas 1365
el espejo que se quiebra.

OTAVIANO ¡Por mi sagrado laurel
que no supe, cúyo era
el retrato de tus miedos!
Bastante disculpa es ésta. 1370
Así, así de mis agravios,
la tuya, Tetrarca, fuera,
para que no me obligara
a tu castigo mi ofensa;
pues es fuerza que este acero 1375

[*Toma el puñal*]

que aquí horrores representa
sea, como fue instrumento
de tu atrevida violencia,
de mi piadosa venganza,
pues desde este pecho apela 1380
a tu cuello, porque así
el que me agravia me venga.

TETRARCA Ya aqueste castigo tarda,
cuanto mi vida le espera.

OTAVIANO Nunca tardan las desdichas, 1385

1365-1366 Se refiere a la tradición popular de que la ruptura de un espejo trae mala suerte.

1369 "miedos." Se refiere a los celos del Tetrarca en una fórmula eufemística.

1371 "así, así." Reduplicación.

1379 "piadosa venganza." Oxímoron. En el sentido de razonable y moderada.

	presto vendrá[n], si lo es ésta.	
TETRARCA	¡Plegue al cielo! Porque así	
	se desdiga y se desmienta	
	el hado de ese puñal.	
OTAVIANO	¿Qué hado?	
TETRARCA	El que su temple encierra.	1390
OTAVIANO	¿Qué es....?	
TETRARCA	Que morirá con él...	
OTAVIANO	¿Quién?	
TETRARCA	...la cosa que él más quiera.	
OTAVIANO	Nadie a otro más que a sí quiso,	
	el cumplirá su promesa.	
	¡Hola!	
	[Salen] soldados.	
	Llevadle a la torre,	1395
	donde su hermano se encierra.	
	Ella será su sepulcro.	
TETRARCA	Cuando mi sepulcro sea,	
	la vida debo a un puñal;	
	yo le pagaré con ella. *Llévanle.*	1400
OTAVIANO	Y yo la mía a un retrato;	
	yo le pagaré la deuda.	
	Soldados y Malacuca.	
SOLD. 1º	Grande es tu melancolía.	
MALACUCA	¿Melancolía decís,	

1386 "vendrá[n]," por "vendrá" (EP).

1387-1394 El Tetrarca revela la fuerza fatal del puñal, que acepta ya. Otaviano da otra interpretación a la profecía. Piensa, como romano, que la persona se quiere primero así, que a otra, creencia que está de acuerdo con la filosofía aristotélica.

	vergantonazo? ¡Mentís!	1405
SOLD.1º	Pues ¿Qué es esto?	
MALACUCA	Hipocondría,	
	que un príncipe como yo	
	no había de adolecer	
	vulgarmente, ni tener	
	mal que tiene un sastre.	
SOLD.2º	No	1410
	te enojes de eso.	
MALACUCA	Sí quiero,	
	[que estar triste solamente	
	no es achaque competente	
	de un príncipe prisionero.]	

Sale[n] el Tetrarca y el Capitán.

TETRARCA	¿Dónde Aristóbolo está?	1415
CAPITÁN	¿No es el que presente tienes?	
TETRARCA	¿A burla[r] mis penas vienes	
	con nuevos tormentos ya?	
	¡Tú en esta traje! ¿Qué es esto?	
MALACUCA	Una cautela fingida	1420
	que me ha de costar la vida.	
TETRARCA	¿Quién a todos ha propuesto	

1405 "vergantonazo." Derivado de verga. Aumentativo. Popularismo.

1406 "Hipocondría." Una enfermedad que fue muy estudiada en la época. "Afección o passión que se padece, procedida de los hypocondrios; la qual causa una melancholía suma, y otros efectos que atormentan al sugeto; como son dolor de estómago, flatos freqüentes, vómitos, opressión del pecho, dificultad en respirar, falta de sueño y otros que refieren los Médicos." (*Diccionario de Autoridades*). Véase: *Novissima, verifica, et particularis hypochondriacae curatio et medela*, de Tomás Murillo Valverde Jurado. Lyon: Sumptibus Claudii Bourgeat, 1672.

1412-1414 M2, VT. Versos que faltan a la príncipe y que son necesarios para el diálogo.

1417 "burla[r]," en vez de "burlas" (EP).

engaño tan declarado?
Que éste no es mi hermano.

CAPITÁN Pues
¿quién este príncipe es? 1425

TETRARCA Es un loco; su criado.

CAPITÁN [*A Mal.*] Pues, ¿cómo te has atrevido
a hacer este fingimiento?

MALACUCA ¿Quién no tendrá atrevimiento
de ser príncipe fingido? 1430
Pues, y esto a ninguno asombre,
más en cualquiera suceso
vale ser príncipe preso,
que pícaro libre, un hombre.

CAPITÁN ¡Tal engaño habías de hacer! 1435

MALACUCA Si tan ofendido estás
de ser príncipe, habrá más...

CAPITÁN ¿Qué?

MALACUCA ...que dejarlo de ser.

CAPITÁN Al César conviene dar
nuevas al instante de esto. 1440
Cerrad esas puertas presto
y sólo dejad entrar
un crïado, que el mandó
que en la prisión asistiera
al Tetrarca. [*A Mal.*] Considera 1445
de que hoy tu vida acabó. [*Vase.*]

MALACUCA No quiero considerallo;
porque no me ha de obligar
nadie a mí a considerar.
En nuevas dudas me hallo, 1450
¿Quién te hizo venir así

1424 El Tetrarca revela la verdadera identidad de Malacuca. En el manuscrito 2, el monarca judío finge que Malacuca es Aristóbolo, aceptando la suplantación.

1447 "considerallo." Forma arcaica por considerarlo.

a deshacer el estado,
señor, de mi principado,
pues era príncipe aquí?
No lo hiciera yo contigo. 1455

TETRARCA [*Ap.*] (Esto es matar y morir.)
¿Hay recado de escribir?

MALACUCA Sí.

TETRARCA Pues déjame conmigo.

MALACUCA Pluguiera al cielo pudiera
dejarte aquí tan dejado, 1460
que dejara mi cuidado;
mas, supuesto que allá afuera
no puedo irme por un poco,
dentro habré de retirarme,
que no hay por donde escaparme, 1465
si no me escapo por loco. *Vase.*

Sale Filipo

FILIPO Licencia, señor, de entrar
en la torre, que de guarda
tiene un crïado; y de cuantos,
sombra de tu luz helada, 1470
te siguen, yo me prefiero
porque a la lealtad agravia
el amigo de crïado,
que no lo es hasta las aras.

TETRARCA Yo, Filipo, te confieso 1475
que si algún consuelo en tantas
fortunas pudo seguirme,
fuiste tú, si es que en ti hallan

1470 "luz helada." Oxímoron. La luz del Tetrarca ha perdido su brillo al haber sido encarcelado en la torre acusado de traición.

1473-1474 "amigo...hasta las aras." Amigo hasta la muerte. El ara era el altar en el que se sacrificaba a los dioses.

	un alivio mis desdichas.	
FILIPO	Humilde estoy a tus plantas.	1480
TETRARCA	¿Harás por mí una fineza?	
FILIPO	Doy a los dioses palabra,	
	con juramento, imposible	
	de romperla y de quebrarla,	
	de dar la vida por ti.	1485
TETRARCA	Pues menos, menos te encargan	
	mis sucesos, cuanto va	
	de dar la vida [a] quitarla.	
FILIPO	¿Qué dices?	
TETRARCA	Que aunque debiera	
	pedir consejo a tus canas,	1490
	fuerzas pido y no consejo	
	en mi pena. Oye y sábrasla.	
	Si todas cuantas desdichas,	
	si todas cuantas desgracias	
	ha inventado la fortuna	1495
	—deidad de los hombres varia—	
	se perdieran, todas juntas	
	en mi sujeto se hallaran,	
	que soy epílogo [y cifra]	
	de las miserias humanas.	1500
	Yo, que ayer de Marïene	
	esposo y galán, con raras	
	muestras de amor coroné	
	de victorias mi esperanza,	
	hoy lloro agravios, sospechas,	1505
	recelos, desconfïanzas,	
	y ...celos iba a decir,	

1488 "a," por "o" (EP).

1493-1494 Anáfora y metábole.

1499 "y cifra" (M2, VT), por "breve" (EP).

1507 Los celosos de los dramas de honor no quieren reconocer que tienen la pasión que les enturbia, pues, a sus ojos, ello significa declarar la

ya el imaginarlos basta.
Yo que ayer de Palestina
gobernador y Tetrarca 1510
no cupe ambicioso en cuanto
el sol dora y el mar baña;
hoy, pobre, rendido y triste
entre dos fuertes murallas,
aprisionándome el vuelo, 1515
tengo abatidas las alas.
Yo, que, del laurel sagrado
ayer, pretendí las ramas
siempre verdes, a pesar
de los rayos que las guardan, 1520
hoy, de aquel funesto acero,
que desdichas amenaza,
ya victorioso de mí
tengo un hilo a la garganta.
¡Pluguiera al hado, pluguiera 1525
al cielo, que en él pararan
sus prodigios porque en mí
se desmintiera la ingrata
indignación de un destino!
Pues, muriendo yo a la saña 1530
de aquel acero, pudiera
persuadir a mis desgracias
que ya de lo que más quise,
tomó la suerte venganza.
Más, [¡ay triste! ¡ay infelice!], 1535

---

mancha que afrenta su reputación. En *El médico de su honra*, Don Gutierre exclama: .".este cuidado, esta afrenta, / estos celos...¿Celos dije? / ¡Que mal hice! Vuelva, vuelva / al pecho la voz." CC, Ed. VB, II, 680-683.

1517-1524 Perífrasis con la que se explica el cambio de fortuna.

1525 "¡Pluguiera..., pluguiera..." Epanadiplosis.

1535 "¡ay triste!" ¡ay infelice!" (M2, VT), por "¡ay de mí!, ¡ay de mí!" (EP). Calderón suele utilizar la forma poética infelice, con la e paragógica ("¡Ay mísero de mí! ¡Y ay infelize," *La vida es sueño*, PP II, ed. VB, I 78).

que no soy yo a quien más ama
mi misma vida, porque,
llena de cólera y rabia
me aborrece, por ser mía;
y no porque muera paran 1540
mis desdichas, que inmortales
más allá del morir pasan.
Otaviano adora, pues,
a Marïene, pintada
en su aposento gentil 1545
dos veces, pues idolatra
una vez a un sol sin luz,
y otra a una beldad sin alma.
¡Mal haya el hombre infeliz,
y otras mil veces mal haya 1550
el hombre que con mujer
hermosa en extremo casa!
Que no ha de tener la propia
de nada opinión; pues basta
ser perfecta un poco en todo, 1555
pero con extremo en nada,
que es armiño la hermosura

1536-1539 El Tetrarca se percata de que a quien ama más no es a él mismo, como diría Aristóteles, sino a Mariene. Se indica también su debilidad psíquica, pues se aborrece a sí mismo.

1547-1548 Mariene es un "sol sin luz," y una "beldad sin alma" para el César, porque éste se había enamorado de una imagen pintada. Paradojas.

1549-1550 "¡Mal haya... mal haya..." Epanadiplosis.

1549-1552 El Tetrarca, en la turbamulta de la pasión que padece, maldice la hermosura de Mariene que ha podido atraer el interés del César. Simultáneamente ofrece un consejo al público, comunicación metateatral: No es prudente casarse con mujer bella en extremo, pues tal hermosura puede atraer el deseo de los poderosos.

1557-1558 Se compara el honor de la hermosa con el armiño. Este animal pasó a simbolizar la pureza, figura emblemática con el mote "malo mori, quam foedari." El Tetrarca hace aquí relación a la situación inestable

que con su riesgo se guarda;
si no se defiende, muere;
si se defiende, se mancha. 1560
No, pues, mi ambición, Filipo
no mi atrevida arrogancia,
no el ser parcial con Antonio,
no mi poder, no mis armas
[me] han puesto en este cuidado, 1565
me han puesto en esta mudanza;
el ser, sí, de Marïene
esposo. ¡Oh caigan, oh caigan
sobre mí mares y montes!
Aunque si de ofensas tantas 1570
el peso no me fatiga,
no me rinde, no me cansa,
el de los montes y mares
no me agraviará la espalda.
Esta es la causa por [qué] 1575
me aborrece; esta es la causa,
por [qué] ya está de mi muerte
la sentencia declarada.
Yo, viendo, pues, que a minutos
cuenta mi vida la Parca; 1580
viendo que a brazo partido,

---

del armiño que si se defiende se mancha y si no lo hace es muerto, y la aplica a la de la mujer en extremo atractiva.

1561-1564 "no...no...no..." Anáfora. 1565 "me," por "le" (EP).

1561-1568 En su ofuscación, Herodes no se aviene a enjuiciarse a sí mismo y culpa el cambio de su fortuna al deseo de Otaviano por su esposa.

1568 "¡Oh caigan, oh caigan!," reduplicación.

1568-1569 Hipérbole.

1571-1572 ."..no me fatiga, no me rinde, no me cansa..." Repetición y metábole. 1575, 1577 "qué," por "quien" (EP).

1575-1576 "Esta es la causa...esta es la causa." Anáfora.

1579, 1581, 1585 "viendo..." Anáfora.

en esta caduca estancia,
luchando estoy de mi muerte
con las sombras y fantasmas;
viendo, al fin, que apenas hoy 1585
en una pública plaza
seré horror de la fortuna,
seré del amor venganza,
cuando él sea, ¡ay de mí triste!,
en tálamo de oro y grana, 1590
heredero de mis dichas
dueño de mis esperanzas;
muero de agravios y celos,
que matan, porque no matan.
Dirásme, que ¿qué me importa, 1595
pues con la vida se acaban
los sucesos? ¡Ay, Filipo,
cuánto esa opinión engaña!
Que amor en el alma vive;
si ella [a] los Elíseos pasa, 1600
no muere el amor, sin duda,
puesto que no muere el alma;
él vive por una estrella
ya propicia o ya contraria.

1587-1588 "seré...seré." Anáfora.

1594 "que matan, porque no matan." Paradoja. El ejemplo clásico es el de Santa Teresa ("que muero, porque no muero," "Vivo sin vivir en mí." *Obras Completas*, 933).

1600 "a," falta en EP. Los campos Elíseos, lugar mitológico al que iban los predilectos. Herodes, cree, como los paganos, en este paraíso de los elegidos. El *Elysion* estaba situado en unas islas en el oeste; los escogidos por los dioses vivían allí una nueva vida bajo Kronos, en una especie de segunda edad de oro de duración perpetua. (Véase A. S. Murray, 60).

1601-1602 Herodes supone que el amor perdura en los espíritus que viven en el Elysion; añade, empero, que el amor pueda ser influido allí por una fuerza astral adversa. Tal concepto es contrario a la felicidad característica del famoso lugar.

Pues, ¿cómo faltará amor 1605
mientras la estrella no falta?
¿Quieres ver cuál es la mía?
Pues si pudiera apagarla
hoy con el último aliento
lo hiciera, porque faltara 1610
del cielo, y otro ninguno
en su horóscopo y desgracia
no naciera como yo,
porque como yo no amara.
Y, en fin, ¿para qué discurre 1615
mi voz? ¿Para qué se cansa?
Otra pena, otro dolor,
otro tormento, otra ansia
en el corazón no llevo,
si no sólo ver que aguarda 1620
ser Marïene despojo
de otro amor, de otra esperanza.
Sea barbaridad, sea
locura, sea inconstancia,
sea desesperación, 1625
sea frenesí, sea rabia,
sea ira, sea letargo,
o cuanto después mis ansias
quisieren; que todo quiero
que sea—[pues] todo es nada— 1630
como no sean mis celos;

1608-1614 Se observan aquí las tendencias autodestructivas del monarca judío.

1615-1616 "¿Para qué...¿Para qué..." Anáfora.

1617-1622 "Otra...otro..." Repetición. La pasión de los celos conduce al Tetrarca a desear la muerte de su esposa, para que ésta no pase a ser concubina de su rival.

1623-1627 "Sea...sea..." Anáforas y metáboles.

1630 "pues" (M2, VT), por "que" (EP).

y así, pues que la palabra
me has dado de obedecerme
haz lo que mi amor te encarga.
Vuelve a Jerusalén, vuelve 1635
a la esfera soberana
del mejor sol de Judea;
y en diciéndote la fama
que he muerto, en el mismo instante
con mortal eclipse apaga 1640
a la tierra, el mejor rayo,
al cielo, la mejor llama
al campo, la mejor flor,
la mejor estrella, al alba.
Para Tolomeo ya 1645
escrita venía esta carta,
esperando que viniese
ocasión en qué envïarla.
De él te fía sólo, que él
te guardará las espaldas. 1650
Muero yo, y muera sabiendo

1632-1654 El Tetrarca ordena la muerte de su esposa, mediante una orden escrita, que luego no tiene efecto, puesto que Tolomeo se niega a llevarla a cabo. Esta idea la obtuvo Calderón de una disposición de Herodes, según la narra Josefo en las *Antigüedades Judaicas* (XV, 62-67). En este relato, la orden de la muerte de Mariamne, en el caso de que Herodes no volviera, se debe a la visita que hace a Marco Antonio, a consecuencia del asesinato de Aristóbolo. Véase Valency, 11-12.

1635 Epanadiplosis.

1640-1644 Metáboles metafóricas que se refieren a Mariene.

1645-1654 El Tetrarca ordena, en una orden escrita y secreta, que cuando muriese él, castigado por el césar Otaviano, se diera muerte a su esposa. Anécdota inspirada, como se dijo en un episodio histórico de la vida de Herodes. Josefo indica también que Herodes dejó a Alejandra y Mariamne recluidas y bajo custodia, con las mismas instrucciones, en la fortaleza de Masada, durante su visita a Octaviano en Rodas (AJ, XV, 202-208). En ambos casos, real y ficticio, el mandato no tiene efecto, aunque desencadena la furia e indignación de la reina judía.

que Marïene gallarda
muere conmigo, y que a un tiempo
mi vida, y la suya acaban;
pero no sepa que yo 1655
soy el que morir la manda
no me aborrezca al instante
que pida al cielo venganza.
Quién creerá [que hay en] el mundo
una pasión tan extraña, 1660
que del amor al rigor,
de un extremo al otro, pasa
—pues el hombre que más quiere,
más adora y idolatra,
por no tener, aun después 1665
de muerto, celos, por manda
deja de su testamento,
que muera lo que más ama—.
Así alivia sus desdichas,
así sus iras descansa, 1670
así desmiente sus penas,
así desdice sus ansias,
así mejora sus miedos,
así sus sospechas mata,
así finge sus temores, 1675
y así sus celos engaña;
pues no hay marido ni amante
—salgan todos a esta causa—
[que no quisiera ver antes]
muerta, que ajena a su dama. 1680

FILIPO ¡Quién pudiera responderte!

1654 "que hay en," en vez de "que ayer" (EP).
1669-1676 Correlación de anáforas (así...así...) y de metáboles.
1678 Apóstrofe al público. Comunicación metateatral.
1679 "que no quisiera ver antes" (M2, VT), por "que antes más quisiera ver" (EP).

Pero no puedo, que baja
mucha gente a la prisión.

TETRARCA Pues sal tú de ella. ¿Qué aguardas
Filipo?

FILIPO Señor...

TETRARCA No tienes 1685
que decirme.

FILIPO Mira...

TETRARCA Calla;
ya sé que tienes razón,
pero, está la suerte echada.

FILIPO [*Ap.*] (Sí, pero echada a perder.)

TETRARCA No es posible remediarla. 1690

FILIPO [*Ap.*] (¡Decidme, qué debo hacer,
cielos, en desdichas tantas¡) *Vase.*

Sale Malacuca.

MALACUCA Señores, que se anden otros
de aqueste mundo en la farsa,
haciendo príncipes, reyes, 1695
duques, obispos y papas,
marqueses, condes, vizcondes,
y una vez sola y cuitada
que hice un príncipe yo,
me va saliendo a la cara. 1700

[Salen] Capitán y soldados.

TETRARCA ¿Qué hay, Capitán?

CAPITÁN Que [si] hoy

1691-1692 Apóstrofe hiperbólico.

1695-1697 Enumeración que refuerza el concepto del mundo como representación, desde una perspectiva carnavalesca.

1701 "si," por "aunque" (EP). La variante escogida aclara el sentido de

tú cauteloso callaras
quién era aqueste villano,
lo hubiera dicho una carta
que Otaviano ha recibido, 1705
en que le dicen, que anda
Aristóbolo moviendo
de Jerusalén las armas
para darte la libertad;
cuya novedad extraña 1710
su indignación ha crecido
de tal manera, que manda
que aqueste loco que fue
de su libertad la causa
den cuatro tratos de cuerda... 1715

MALACUCA ¡Pésame de que tal haya
mandado su majestad!

CAPITÁN y que pendiente en la plaza
esté un día.

MALACUCA ¿Qué es pendiente?

SOLDADO 1º Vamos de aquí.

MALACUCA El turco vaya. 1720
¡Vive Dios!, que han de llevarme;
que es necedad muy usada
el irse uno por su pie,

---

la acción dramática, que en la versión de la príncipe es anfibológico, ya que el Tetrarca había denunciado la identidad de Malacuca (véase 1426).

1715 "tratos de cuerda." El trato de cuerda era un castigo militar. Se ataban las manos del reo hacia atrás, colgándole por ellas de una gruesa cuerda. Se le levantaba en el aire para dejarle caer seguidamente sin que llegara a tocar el suelo, suspenso como estaba de la cuerda, con lo que las coyunturas de los hombros recibían una repentina presión muy dolorosa. Este castigo podía causar el descoyuntamiento de los huesos (véase *Diccionario de Autoridades*). Este pasaje recuerda otro famoso de *El alcalde de Zalamea* (ed. VB, I, 815-817). En el caso de Rebolledo, éste no sufre el suplicio.

donde la muerte le aguarda,
pendiente el alma de un hilo; 1725
y si esta es desdicha extraña
¿qué será de una maroma
pendiente el cuerpo y el alma?

[Llévanlo y] tocan [cajas].

TETRARCA ¿Y qué rumor es aquél
de trompetas y de cajas? 1730
CAPITÁN Que Otaviano con su gente,
hoy a Jerusalén marcha,
adonde quiere que tú
preso en una nave vayas. *Vase.*
TETRARCA ¡A Jerusalén el César 1735
donde, los cielos me valgan,
halle a Marïene viva,
quien la idolatró pintada!
¡El victorioso, yo preso,
y ella amada!—¡oh, suerte ingrata!— 1740
¡El amante, yo marido,
y ella hermosa!—¡oh, pena airada!—
¡El poderoso, yo pobre
y ella mujer! ¡Pues qué aguarda,
un rayo, que de una nube 1745
aborto de luz no rasga,
siendo víbora de fuego,

1727-1728 Erotema de intención cómica.

1735-1752 Serie de exclamaciones que reiteran la angustia del celoso, ante el hecho de que Otaviano vaya a Jerusalén, en donde está Mariene. Conduce a un retórico erotema ("¿No hay un rayo para un triste?"). Termina con otro exclamativo, apóstrofe a Júpiter, al que se le pide un rayo aniquilador. Este fragmento es un buen ejemplo del arte declamatorio y efectista de Calderón, que poseía singular impacto en la audiencia.

una nube las entrañas!
¿No hay un rayo para un triste?
Pues si ahora no lo gastas, 1750
¿¡para cuándo, para cuándo
son Júpiter tus venganzas!? *Vase.*

Salen soldados y Aristóbolo marchando, y Mariene y todas las mujeres [por otra parte].

ARISTÓBOLO Dame otra vez los brazos,
porque coronen tan hermosos lazos
hoy la victoria mía. 1755
MARIENE Mi vida, hermano, a tu valor se fía,
publiquen, tus memorias,
que victorias de amor son mis victorias.
ARISTÓBOLO La palabra te he dado,
y otra vez te la doy, determinado 1760
de morir animoso,
o traerte libre a tu adorado esposo.
MARIENE ¡Oh, cúmplamela el cielo!
Y pues el campo de cristal y hielo,
de aquí a Egipto, es tan breve, 1765
por ese pasadizo, que de nieve
o se encrespa o se eriza,
cuando el copete de su frente riza,
presto la nueva espero

1758 "Victorias...victorias." Repetición.

1763-1768 El lenguaje metafórico que emplea Mariene con respecto al mar es de signo negativo. La obsesión fatalista de la hermosa hasmonea concibe el mar como un lugar de muerte. Recuérdese que al líquido elemento se le considera como principio y fin de la vida (Pérez-Rioja). En el mar, en la batalla de Accio, su esposo ha fracasado en sus aspiraciones al poder; y de él surgió Tolomeo con el puñal prodigioso clavado en su cuerpo. Lo designa, por eso, "campo de cristal y hielo," "pasadizo de nieve," que "se encrespa o eriza."

de quien mi amor desempeñó tu acero. 1770

ARISTÓBOLO Si tu amor va conmigo,
fácil empresa, fácil triunfo, sigo.

[Tocan cajas y sale Tolomeo]

TOLOMEO Ya el campo cristalino
tanto pez de madera, ave de lino,
admite en sus esferas, 1775
que parecen las ondas lisonjeras
por estos horizontes,
una [vaga] república de montes.

ARISTÓBOLO Tu suerte, Tolomeo,
en tanto que me aclama este trofeo, 1780
aquí es bien que te quedes,
donde guardarme las espaldas puedes.

TOLOMEO Obedecerte espero.

MARIENE Y yo veros partir a todos quiero,
porque os den para iros 1785
agua mis ojos, viento mis suspiros.

[Tocan cajas y vanse Mariene, Aristóbolo, damas y soldados, y quedan Tolomeo y Libia]

1770 "quien." Se refiere a Herodes.

1772 "fácil...fácil." Anáfora y metábole.

1773-1778 Tolomeo indica el panorama de las aguas, comparando los barcos a montes (hipérbole). El fragmento se refiere a la flota judía; se establece la relación con el aire al mencionar "sus esferas." Bajo la apariencia de "las ondas lisonjeras" se sugiere la inmovilidad de la muerte con imágenes como "pez de madera," "ave de lino" y "campo cristalino." La emoción, que se desprende de la descripción, es que junto al deseo de Tolomeo de dar esperanza a Mariene en la empresa naútica, se revela escondidamente por el subconsciente lo infructuoso de tal acción.

1778 "vaga" (M2, VT), por "bcka" (EP).

LIBIA Permita la ocasión a mi deseo,
que ya de tu salud, ¡oh, Tolomeo!,
el parabién te dé; si bien pudiera
recibirle mejor, pues de manera 1790
yo tu pena he sentido
que, más que darte el parabién, le pido.
TOLOMEO Yo agradezco, señora,
a [tu] beldad mi vida desde ahora,
y ya como a milagro 1795
suyo, mi vida a tu deidad consagro;
pues mi muerte sentía,
no, Libia hermosa, no, porque moría,
sino porque sin verte
pagaba con dos vidas una muerte. 1800
LIBIA Responderte quisiera;
mas la reina que ocupa la ribera,
me echará menos; sólo te prevengo
que ya ganada para hablarte tengo
de esos jardines llave, 1805
que ser ladrón, amor, de casa sabe.
TOLOMEO Dame esa llave ahora,
y [apenas] desdoblar verás, señora,
la falda que arrugó la noche fría,
sobre la hermosa variedad del día, 1810
cuando entre en el jardín; serán sus flores
testigos mudos, pues de tus favores,

1793-1800 Retórica amorosa.

1794 "tu," por "esa" (EP).

1806 Hipérbaton.

1808 "apenas" (M2, VT), por "agora" (EP). La variante del manuscrito 2 mantiene el sentido de la frase, especificando el momento del *rendez-vous*.

1808-1811 Perífrasis metafórica para indicar la aurora del nuevo día.

1811-1814 El concepto de la semejanza entre flores y estrellas lo manipula Calderón en *El príncipe constante*, en donde dice que las flores se parecen a la estrellas (ed. VB, PP II, 1974; II 1684-1685).

siendo en esferas bellas,
de noche flores y de día estrellas.

LIBIA Has de advertir que si entras... Mas no puedo 1815
proseguir. Adiós, pues.

TOLOMEO Confuso quedo
sin oírte.

LIBIA Pues espera en esta parte,
que aquí, de todo, volveré a avisarte. *Vase.*

TOLOMEO Aunque en la paz me quedo,
tener más guerra en mis sentidos puedo, 1820
que tienen mar y tierra,
pues se incluye más guerra,
que en el mar y en la tierra, en el cuidado
de un pecho enamorado
que lid[ia en su] deseo. 1825
Yo adoro a Libia hermosa.

Dentro Filipo

FILIPO ¡Tolomeo!

TOLOMEO ¡Cielos! ¿[L]lamáronme?

[Sale Filipo, con banda al rostro]

FILIPO Sí.

TOLOMEO ¿Quién?

FILIPO Un hombre que ha llegado
en un bajel que ha volado
desde el mar de Egipto aquí, 1830
y tiene a solas que hablaros.

1819-1825 Sobre el concepto de que amor es guerra, véase Robert ter Horst. *Calderón's Secular Plays*.

1825 "lidia en su" (M2, VT), por "lid como un" (EP).

1827 "¿Llamáronme?" (M1, VT), por "Clamáronme?" (EP).

TOLOMEO Pues bien solo me tenéis.
¿Quién sois?
FILIPO Después lo sabréis.
TOLOMEO ¿Quién vio sucesos más raros?
FILIPO Seguidme, donde ninguno 1835
me vea hablando con vos.

[*Entranse y vuelven a salir por otra parte*]

TOLOMEO Solos estamos los dos,
y el sitio es tan oportuno,
que es apartado lugar.
FILIPO Pues leed este papel; 1840
que en viendo lo que hay en él,
tenemos mucho que hablar.
TOLOMEO Cada punto, cada instante
añadís al corazón
otra nueva confusión. 1845
FILIPO Pues más quedan adelante.
Leed, que más [duda] os espera.
TOLOMEO Por piadoso o por crüel
del Tetrarca es el papel.
FILIPO [*Ap.*] (Oculto de esta manera 1850
descubriré su intención,
lo que hay en él he de ver,
por ver lo que yo de de hacer.)
TOLOMEO ¡Qué notable confusión!
Lee. "A mi servicio conviene, 1855
a mi honor y a mi respeto,
que muerto yo, con secreto,
deis la muerte a Marïene."
Hombre, que, de asombros lleno,
en una carta sucinta 1860
traes con papel, pluma y tinta,

1847 "duda" (M2, VT), por "daño" (EP).
1848 "Por piadoso o por crüel," en el sentido de "ya sea...ya sea..."

rosa [y] áspid y veneno;
si conjuración ha sido
la de esta temeridad,
y a examinar mi lealtad 1865
de esta manera has venido,
no sólo rigor previene
este acero, pero piensa
que he de morir en defensa
de mi reina Marïene. 1870
¡Traidor eres, vive Dios!,
que el rostro no te encubrieras,
si leal y noble fueras;
y cuerpo a cuerpo los dos
te tengo de hacer pedazos 1875
entre mis brazos.

FILIPO [*Descúbrese*] No harás,
que yo no esperaba más
para darte mil abrazos.

TOLOMEO ¡Filipo! ¿Qué es lo que veo?
¡Tú, de esta suerte! ¿Qué miro? 1880
Ya con más causa me admiro,
ya con más causa lo creo.

FILIPO El Tetrarca, para ti,
con ese papel me envía;
que de nuestra lealtad fía 1885
la traición que viene ahí.
Muerto él, nos manda que muera
Marïene; pero ya
que de tu valor está
vista la fe verdadera, 1890
quédese el caso encubierto;
que si él vive, así está bien,

1862 En la EP falta la *y* entre "rosa" y "áspid," necesaria para el octosílabo de la redondilla.

1885-1886 Antítesis.

y si acaso muere, ¿quién
ha de obedecer a un muerto?

TOLOMEO Mucha es mi confusión, mucha 1895
mi pena. Dime, ¿Qué es esto?
¿Quién en tal error le ha puesto?

FILIPO Si quieres saberlo, escucha.
Otaviano enamorado
de un retrato que...

TOLOMEO Detente, 1900
que por aquí viene gente.

FILIPO A los dos [nos] ha importado
que no me vea[n]; y así,
por desmentir la sospecha,
quédate a hacer la deshecha, 1905
y vente después tras mí;
que en ese monte te espero,
y mil prodigios sabrás. *Vase.*

TOLOMEO ¿Qué tengo que saber más,
si ya de [lo que sé] muero? 1910
La reina era y ya torció
a los jardines el paso.
Y yo suspenso del caso
que me ha sucedido, no
sé de [una acción tan] crüel 1915
qué de cosas anticipo.
Más seguir quiero a Filipo,
volviendo a leer el papel.

1902 "A los dos nos" (M2, VT), por "Pues a los dos" (EP). La variante de M2 aclara el sentido del pasaje.

1903 "vean" (M2, VT), por "vea" (EP).

1905 "hacer la deshecha." "Disimulo, fingimiento y arte con que se finge y disfraza alguna cosa." (*Diccionario de Autoridades*).

1910 "lo que sé" (M2, VT), por "pensarlos" (EP).

1915 "una acción tan" (M2, VT), por "mi ilusión" (EP).

Sale Libia.

LIBIA Discurriendo esta ribera,
del mayo florido albergue, 1920
registrando de las flores,
sol suyo, anda Marïene,
Tolomeo. Y pues me da
lugar el amor, advierte
que para entrar...
TOLOMEO ¡Ay de mí! 1925
LIBIA Mas di: ¿Qué papel es ese,
que con tanta turbación
de mí ocultarle pretendes?
TOLOMEO No es nada, Libia.
LIBIA Con eso
me das más gana de verle. 1930
TOLOMEO ¡Tú, ofendes así mi amor!
LIBIA ¡Y tú un papel me defiendes,
cuando yo de mi albedrío
la llave te doy dos veces.
TOLOMEO No es de amores, ¡vive Dios! 1935
LIBIA Ello dirá.
TOLOMEO No has de leerle.
LIBIA ¡Tú conmigo tan crüel!
TOLOMEO ¡Tú conmigo tan aleve!
LIBIA ¡Suelta el papel!

[*Parten entre los dos el papel*]
Sale Mariene.

MARIENE ¿Qué papel?
TOLOMEO ¡Grave mal!

1937-1938 "¡Tú conmigo...¡Tú conmigo." Anáfora y metábole.

LIBIA ¡Desdicha fuerte! 1940
TOLOMEO [*Ap. a Libia*]
¡Qué pudiste engendrar, Libia
sino venenos crüeles!
LIBIA [*Ap. a Tolomeo*]
Es verdad; que engendré celos.
MARIENE Pues, ¿qué atrevimiento es éste?
¿Así mi luz se respeta? 1945
¿Así mi sombra [se] ofende?
¿Mi decoro así se trata
y mi respeto se pierde?
¡En mi casa y a mis ojos
vuestras acciones se atreven 1950
a profanar un palacio,
que es templo de honor y a verle
el sol se atreve con miedo,
y entra dentro, porque viene
a traerle luz; que el sol 1955
aun no entra[ra] de otra suerte!
Dame tú esa parte, y tú
esa otra; de ellas conviene
informar a mi recato.
TOLOMEO Que es una víbora, advierte, 1960
que dividida en mitades,
[con cualquiera extremo muerde].
No le juntes, no le juntes,

1940 Metábole.

1945-1946 Anáfora y antítesis.

1946 "se" (M2, VT), por "te" (EP).

1956 "entrara" (M2, VT), por "entra" (EP). Variante necesaria para el octosílabo del romance.

1959 "recato." Aviso, cuidado.

1962 "con cualquiera extremo muerde" (M2, VT), en vez de "con la lengua y cola hiere" (EP).

1963 Epanadiplosis y reduplicación.

	que será el daño más fuerte.	
MARIENE	Vete tú, Libia, de aquí	1965
	ahora.	
LIBIA	¡Ay de mí! [*Vase*].	
MARIENE	Y tú, vete.	
TOLOMEO	Si por ventura han podido	
	mis servicios merecerte	
	alguna merced que sea	
	capaz de muchas mercedes,	1970
	rompe ese papel—¡ay triste!—	
	no le leas. Mira, advierte,	
	que cuanto por verle ahora,	
	darás después por no verle.	
MARIENE	¿Por qué?	
TOLOMEO	Porque ese papel	1975
	tal veneno en sí contiene,	
	que matará a quien le mire.	
	Tu vida está en que no llegues	
	a leerle. [*Ap*.] (Y es verdad,	
	porque en él está tu muerte).	1980
MARIENE	El que advierte de un peligro,	
	nunca suplicando advierte,	
	porque el beneficio manda	
	al superior; luego mientes,	
	que si esos extremos haces,	1985
	cuando me acuerdas los bienes,	
	¿qué dejas de hacer, qué dejas,	
	cuando los males me acuerdes?	
	Letra es del Tetrarca. Ya,	
	que viva o muera, he de verle.	1990
TOLOMEO	[*Ap*.] (¡Ay infelice de mí!)	
MARIENE	Dice a partes de esta suerte:	
	"Muerte" es la primer palabra	

1987 Epanadiplosis.
1993-2014 La lectura del mensaje del Tetrarca se interrumpe una y otra

que he topado; "honor" contiene
ésta;"Marïene" aquí 1995
se escribe. ¡Cielos, valedme,
que dicen mucho en tres veces,
"Marïene, honor y muerte!"

TOLOMEO [*Ap.*] (¿Ay hombre más desdichado?)

MARIENE Mas, ¿qué dudo? ¡Ya me advierten 2000
los dobleces del papel,
adónde están los dobleces,
llamándose unos a otros!
Lee. "A mi servicio —¡mal fuerte!—
conviene—¡extraño temor!—, 2005
a mi honor—¡hados crüeles!—
y a mi...—¡tiranos asombros!—
respeto—¡infelice suerte!—,
que muerto...—¡infeliz mujer!—
yo...—¡tiranías aleves!—, 2010
con riguroso precepto
secreto—¡estrella inclemente!—
deis...— ¡todo el cielo me valga!—
deis la muerte a Marïene."
¿Quién este papel te dio? 2015

TOLOMEO Filipo, que con él viene
de Egipto; pero, señora,
estar satisfecha puedes
de su lealtad y la mía,
porque los dos...

MARIENE Mientes, mientes, 2020
que él, ni tú, no sois leales;
pues cobardes, pues aleves,

---

vez con exclamaciones para subrayar las emociones de indignación, sorpresa y terror de Mariene.

2020 Reduplicación.

2022 Anáfora y metábole.

no le habéis obedecido.
¿Quién más es cómplice en este
secreto?

TOLOMEO Nadie, señora. 2025

MARIENE Pues mira lo que te advierte
mi voz: que ninguno sepa
que yo he llegado a saberle;
y vete.

TOLOMEO Un marmol seré. *Vase.*

MARIENE ¡Oh infelice, una y mil veces 2030
la que se ve aborrecida
de la cosa que más quiere!
¿En qué, [amado esposo mío,
en qué mi vida] te ofende,
qué te pesa de que viva? 2035
—¡Fuerte agravio, pena fuerte!—
Cuando yo tu libertad
trato, y a imperios de nieve
doy, Semiramis del agua,
Babilonias de bajeles; 2040

2030-2122 Extenso soliloquio de Mariene en el que explaya sus pensamientos y emociones. Se trata de una buena construcción declamatoria, que se resiente, empero, del intelectualismo razonador ya aludido. Mariene comienza con la expresión de sus sentimientos heridos, sigue con la racionalización sobre su conducta y comportamiento, para pasar a los sentimientos de venganza, y tomar finalmente una doble resolución como mujer y como reina.

2033-2034 "¿En qué, amado esposo mío / en qué mi vida te ofende?" (M2, VT), por "¿En qué te ofende mi vida, / esposo, en qué te ofende?" (EP). La variante del Ms.2 es superior a la de la EP.

2036 Epanadiplosis y metábole.

2037-2040 Mariene alude a la ayuda pecunaria, ofrecida para la construcción de la flota judía que trató de libertar a Herodes. Se compara con Semíramis, reina legendaria de Asiria y Bibilonia, renombrada por su valor guerrero y por su fatal sino. Calderón compuso un drama trágico sobre su vida (*La hija del aire*).

cuando compitiendo a montes,
—iba a repetir alegres
mas no lo son para mí,
después que vives ausente—
adorando estoy tu sombra 2045
—y a mis ojos aparente,
por burlar mi fantasía,
abracé el aire mil veces—.
¿Tú, en una oscura prisión,
funesto y mísero albergue, 2050
para abrazar mis desdichas,
estás trazando mi muerte?
O te quiero o no te quiero;
si no te quiero, ¿qué tienes
que perder en mí, aunque mueras? 2055
Pues poco o nada se pierde,
en perder una mujer,
cuando ni estima, ni quiere.
Si te quiero, ¿para qué,
después de muerto, pretendes 2060
mi muerte? ¿[No] sabré, ¡ay cielos!
matarme yo, si tú mueres?
Sí, que quien llega a perder
lo que ama, y no lo siente
tanto que pierde la vida, 2065
no puede decir que quiere.
Luego, aborreciendo yo
o queriendo, de una suerte

2041 "compitiendo a montes." Alude a su firmeza y lealtad conyugal.

2049-2052 Erotema. La "oscura prisión" recuerda aquella otra de *La vida es sueño* ("una prissión obscura," PP II, VB, I, 93).

2053-2054 "te quiero..." Repetición.

2058 Metábole.

2060-2062 "muerto... muerte... mueres." Poliptoton.

2061 "No" (M2, VT), por "Yo" (EP).

ofendes mi vanidad
o mi ingratitud ofendes. 2070
¿Matarme mandas, ¡matarme!?
Si por influjos celestes,
el mayor monstruo del mundo
mi vida amenaza en ese
[firmamento] encuadernado, 2075
que nuestras vidas contiene
—¡blanca beldad de los dioses,
mentira azul de las gentes!—,
y tú, de sus astros puros
que sólo un suspiro mueve, 2080
cumples el rigor que anuncian
las desdichas que prometen;
para ser tú el mayor monstruo
repites, cuyas crüeles
armas serán el fatal 2085
acero, que al lado tienes.
¡Ay de mí! Que repetido
el dolor una y mil veces,
lo que antes fue en mis acciones
sentimiento solamente, 2090
se va pasando a venganza.
Pues de suerte, pues de suerte
tu desconfïanza en mí
ha trocado el accidente,
que ya, a pesar del amor, 2095
los rigores y desdenes
te quieren echar del pecho

2071 Epanadiplosis.

2075 "firmamento," por "pavimento" (EP).

2077-2078 Contraposición metafórica.

2079 "astros puros," las estrellas fijas del firmamento, según la concepción de Ptolomeo.

2092 Reduplicación.

—propio afecto de mujeres,
pasar de un extremo a otro
en los males o en los bienes—. 2100
Mas ¿qué digo?... que no
soy yo mujer sólo; que debe
la real sangre excluïrse
de lo común de las leyes;
y así, en dos partes constante, 2105
dudosa y indiferente,
como mujer ofendida,
y como reina prudente;
mujer, cumpliré conmigo
en quejarme y ofenderme; 2110
reina, cumpliré con todos
en no mostrar que lo siente
mi pecho; y pues mis desdichas
fin determinado tienen,
ira, rigor y venganza, 2115
del cielo, el hado y la suerte,
con puñal, monstruo y veneno
disponga, ejecute y piense,
fortuna, amor y desdicha,
porque siga, alcance y llegue 2120
de aquel monstruo y este acero
esta prevenida muerte.

2098-2100 Reflexión metateatral sobre la condición femenina según Calderón.

2106 Antítesis.

2107-2113 Mariene expone la doble conducta a seguir.

2115-2120 Metáboles en correlaciones ternarias.

Descúbrese una tienda; tocan cajas; dicen dentro

CAPITÁN [*Dentro.*] ¡Viva Otaviano!
TODOS ¡Viva!
CAPITÁN Sacro el laurel, pacífica la oliva
ciña[n] su augusta frente. 2125

Salen Otaviano, [Capitán] y soldados.

OTAVIANO ¡Salve, oh tú, gran metrópoli de Oriente,
ciudad de Asia, señora,
que en el rosado imperio de[l] aurora,
con [luciente] voz muda
el sol, en su primera edad, saluda! 2130
¡Salve otra vez y admite
tu César, cuyo nombre, que compite
con el tiempo y olvido,
dos veces al laurel restituido

2124 El laurel y la oliva son los símbolos tradicionales y respectivos de la vitoria y la paz (Pérez-Rioja).

2125 "ciñan" (M3, VT), por "ciña" (EP).

2126-2150 "¡Salve, oh tú, gran metrópoli de Oriente..." Apóstrofe a la ciudad de Jerusalén. Calderón coloca arbitrariamente a Jerusalén cerca de Jafa, y la hace puerto de mar. E. Hesse atenúa el error geográfico, mencionando que al público—los mosqueteros—no le importaba la situación exacta de Jerusalén (20). Luzán no lo mencionó en su *Poética* al hablar "De los defectos más comunes de nuestras comedias" (411-420). Se puede añadir que este tipo de inexactitud respondía a un fin artístico. La construcción de un plano de ficción, basado en *iconos*, emblemas y símbolos, necesita de una libertad creadora que no se atiene a la verdad científica.

2128 "del" (M3, VT), por "de" (EP).

2129 "luciente voz muda" (M3, VT), por "voz y lengua muda" (EP). Hermosa metáfora de signo gongorino ("luciente voz"), con referencia a Jerusalén, como si ésta reflejara rayos.

2132-2138 El César restituye a Jerusalén su dependencia, dentro del sistema romano.

dos veces al laurel restituido
besa tu muro; una, 2135
a pesar del poder y la fortuna;
y otra, por más blasones,
a pesar de cobardes sediciones;
pues, cuando presum[í]as,
que del romano yugo sacud[í]as 2140
la cerviz, con haber hoy enviado
a Aristóbolo en tanto leño alado
a librar su Tetrarca,
vengo yo, que soy brazo de la Parca,
dos veces victorioso, 2145
donde, aunque pie[rda] el nombre generoso
de magnánimo, espero
con éste que gané, fatal acero,
—por eso le he guardado osado y fuerte—
dar, a tu vista, a tu Tetrarca muerte. 2150
De ese bajel, adonde,
vivo cadáver, su ataúd le esconde,
le sacad; que hoy procuro
con su cabeza saludar el muro.

Vanse [soldados]

CAPITÁN De la ciudad, abiertas 2155
a tu nombre, señor, todas las puertas

2139-2140 "presumías"..."sacudías" (M3, VT), por "presumas..." "sacudas" (EP). Defecto de la príncipe, la cual deja respectivamente al heptasílabo y al endecasílabo, de la silva de consonantes en pareados (T. Navarro, 236) con una sílaba menos en cada caso.

2142 "leño alado." Metáfora por bajel.

2146 "pierda," por "piedad" (EP).

2148 Hipérbaton.

2149 "le." Leísmo. Usual en Calderón.

2152 "ataúd." Se refiere al bajel, que trae al Tetrarca. Se supone que el monarca ya está muerto por la sentencia que va a ejecutar Otaviano.

están, y, si los ojos no han mentido,
un escuadrón de damas ha salido,
y hacia tu tienda viene.

OTAVIANO Y, entre todas, ¡ay cielos!, Marïene 2160
más gallarda y hermosa,
entre pálidas flores, es la rosa,
y yo a sus rayos mi temor ignoro
mirando viva a quien pintada adoro.
Mintió el pincel aleve, 2165
ofensas de este fuego y de esa nieve.

Salen todas las mujeres que pudieren, y detrás Mariene, con luto.

MARIENE [*Ap.*] (¡Turbada al César miro...
OTAVIANO[*Ap.*] (¡Cobarde al sol admiro...
MARIENE ...que pasma su grandeza!...
OTAVIANO ...que ciega su belleza! 2170
MARIENE Y ya un temor con mis sentidos lucha.
OTAVIANO ¡Mucha es mi turbación!)
MARIENE ¡Mi pena es mucha!)
Inclito César, cuya heroica fama
[al alcázar se eleva] de la luna,

2160-2164 Otaviano, al ver a Mariene por primera vez, percibe que su hermosura es superior a la pintada, y la compara con la de la rosa.

2167-2172 Parlamentos paralelos y alternantes. Calderón los utiliza a menudo (PP II, ed. VB, *La vida es sueño*, I 580-588).

2173-2188 Mariene expresa en las dos primeras octavas reales que Jerusalén, al son de las trompetas, aclama la fama del vencedor, y que al igual que Júpiter, cuya furia se apacigua serenado por el Iris, Otaviano acepte la calma de la paz a la que la hasmonea le invita, proclamando su laurel. Añade que su nombre, que se registra como vencedor, no sea derribado por el tiempo ni por efectos luctuosos. Pide que reine generoso, mientras el águila imperial proclama su gloria que domina el tiempo y el olvido.

2174 "al alcazar se eleva" (M3, VT), por "al un cabo se extiende" (EP). La fama se eleva al alcázar de la luna en donde se guarda el registro del

cuando con labio de metal te aclama 2175
[s]u Júpiter, y dios de [la] fortuna;
[si cuando él a relámpagos se inflama,
el Iris le serena; en mi importuna
suerte, que eres mi Júpiter se vea,
y el Iris de mi paz tu laurel sea.] 2180
[Y, pues] tu nombre en láminas se escribe,
que el tiempo que más vuela, que más corre,
ni con las torpes alas las derribe,
ni con las plantas trágicas las borre;
vive piadoso, generoso vive, 2185
y del sol coronada la alta torre,
que al águila romana le dio nido,
prisión sea del tiempo y del olvido.
Yo soy la desdichada Marïene...
dijera bien la desdichada esposa 2190
de aquél contra quien ya tu enojo tiene
blandida la cuchilla rigurosa.
Si una línea de púrpura detiene,
del más noble animal, la más furiosa
acción, detén el paso a mis enojos, 2195
pues son líneas de púrpura mis ojos.
Mas ¡ay!, que en vano a tus rigores pido
la vida que has de darme generoso;
que eres rey, y has de ser enternecido;

---

paso del tiempo.

2176 "su" (M3, VT), por "tu" (EP); "la" (M3, VT), por "tu" (EP).

2177-2180 Faltan varios versos de la primera octava real a EP. La príncipe propone como versos séptimo y octavo "Iris son, que serenan a su acento / mares de agua y páramos de viento." Nos vemos obligados a seguir a M3 y VT. Iris era el mensajero de Júpiter.

2181 "Y pues" (M3, VT), por "Ya que" (EP). Variante necesaria para hilvanar con los otros versos anteriores.

2193-2195 Una leyenda popular atribuía al león el que se parara ante una línea de sangre.

2199-2202 "que eres...y has de ser..." Anáfora y repeticiones.

que eres valiente, y has de ser piadoso; 2200
que eres noble, has de ser agradecido;
que eres tú, y has de ser tan victorioso
que veas que merece menos gloria
el que con sangre mancha la victoria.
No, pues, el que te espera heroico asiento, 2205
se constituya cadalso duro y fuerte,
no el triunfal carro, humilde monumento,
no el triunfo, en ceremonias de la muerte,
no la música [en] mísero lamento,
no la victoria en miserable suerte, 2210
la gala [en] luto, [en] llanto [la] alegría.
No eches, pues, a perder tan feliz día.
Entra triunfando, no, señor, venciendo;
entra venciendo, no, señor, vengando;
que más honor has de ganar, entiendo, 2215
perdonando, señor, que castigando.
Halle piedad la que lloró pidiendo,
halle piedad la que pidió llorando;
Hombre eres, yo, mujer que a tus pies lloro,
otro camino de obligarte ignoro. 2220

2205 "heroico asiento." Se refiere a su reciente victoria que le acarrea una nueva potestad.

2207 Los romanos celebraban sus triunfos militares con desfiles en los que paraban con carros que proclamaban sus conquistas.

2209 "en" (M3, VT), por "con" (EP). Variante necesaria para mantener el endecasílabo.

2209-2210 "mísero...miserable." Derivación.

2211 "la gala en luto, en llanto la alegría," por "las galas lutos, llanto el alegría" (EP). Por comparación con M3 y VT.

2213-2214 "no, señor...no, señor" Repetición. Retruécano.

2217-2218 "Halle piedad la que..." Anáfora. Retruécano.

2219-2220 La situación dramática de la dama, que pide clemencia ante el vencedor y que lo conmueve con sus lágrimas, la utilizó Calderón en varias de sus *comedias* (v.g. *Las armas de la hermosura*; *Mujer, llora y vencerás*).

OTAVIANO Bellísima Marïene,
milagro hermoso del tiempo,
ejemplo de la fortuna
y de la belleza ejemplo.
Agravio ha sido escucharos, 2225
porque un generoso pecho
no ha de esperar que le compren
las mercedes con los ruegos.
Mal hice en no adivinar
antes vuestros sentimientos, 2230
que os costase la vergüenza
de decirlos, el vencerlos.
No lloréis, que valen mucho
lágrimas de ojos tan bellos,
y murmurará la tierra 2235
de ver como llora el cielo.
Una vida me pedís,
y, aunque es verdad que lo siento,
remedie el pesar de oíros,
el gusto de obedeceros. 2240
Si bien es [verdad], que yo
nada os doy, señora, en esto;
pues una vida no os doy,
sino pago otra que os debo;
que entre su acero y mi vida 2245
pintada os miré en un tiempo,
Marïene, pero viva
entre su vida y mi acero,
que es más dichoso que yo
cuando dice aquel proverbio, 2250

2223-2224 "ejemplo...ejemplo." Epanadiplosis.
2241 "verdad," por "error" (EP). Se evita la anfibología.
2250-2251 Se refiere al refrán "Cuanto va de lo vivo a lo pintado ..." (G. Correas, 142). Otra variante: "¡Lo que va de lo vivo a lo pintado...!" (Rodríguez Marín).

de lo vivo a lo pintado,
pues vence con tanto exceso,
cuanto hay de un alma a una sombra,
cuanto hay de una vida a un lienzo.

Sacan al Tetrarca con prisiones.

El Tetrarca, vuestro esposo, 2255
es este pálido ejemplo
de la fortuna, del hado
este mísero trofeo;
de ese pequeño bajel,
que fue su ataúd pequeño, 2260
salía a mirar, trocando
la razón, pues siempre vemos
dar el muerto al ataúd,
mas no el ataúd al muerto.
Viva, pues vos lo queréis; 2265
y, por no dejar a riesgo
vuestros ojos de que lloren
otra vez perdón concedo
[a] Aristóbolo, y repito
en su honor y en el gobierno 2270
al Tetrarca. Así le admita
Jerusalén, que no quiero
refutar a mi fortuna

2253-2254 "Cuanto hay de..." Anáfora y metábole.

2263-2264 Juego de palabras.

2265 "Viva, pues vos lo queréis." Otaviano le otorga la vida.

2269 "a" (M3). Falta en EP; "repito" en el sentido de repongo (*Diccionario de Autoridades*). Calderón recoge de las *Antigüedades Judaicas* (XV, 194-196) la idea de la reposición de Herodes por Otaviano, en su cargo de monarca de Judea.

2273 "refutar," por "barajar" (EP). Barajar en el sentido de refutar (*Diccionario de Autoridades*). Escogemos la variante por ser más apropiada al lenguaje del César.

tan ilustre vencimiento.
Sepa él, que vive por ti. 2275
[*Ap.*] (Sabe tú, que por ti muero.) *Vase.*

TOLOMEO Ya no tengo que temer,
pues pidió su vida, es cierto,
que tener quier[e] su agravio
[en la] cárcel del silencio. 2280

TETRARCA [*Ap.*] (¡Oh humanas honras del mundo,
cuánto es vuestro lustre incierto,
pues os sabéis vender honras
de los agravios a precio,
y siendo honras sois agravios. 2285
Cuánto mejor fuera, ¡ah cielos!,
morir, que no que pidiera
mi vida Marïene, a trueco
de una lágrima, si bien
sólo queda este consuelo. 2290
Que, pues pidió Marïene
mi vida, estará secreto
aquel monstruo de mi honor
y prodigio de mis celos;
disimulemos desdichas.) 2295

MARIENE [*Ap.*] (Agravios disimulemos.)

2275-2276 Juego de palabras y retruécano.

2276 Otaviano siente que su pasión por la judía ha crecido al conocerla.

2277-2280 Tolomeo comprende que el perdón de Otaviano significa que ya no tiene responsabilidad con respecto a la orden del Tetrarca de dar muerte a Mariene.

2279 "quiere" (S, M3, VT), por "quiero" (EP).

2280 "en la" (M3, VT), por "esta" (EP).

2281-2295 Soliloquio del Tetrarca. Se queja de que la reposición en su cargo se deba al ruego de su esposa ante el César; agravio que se atenúa al detenerse por ello la fatalidad de sus celos que le había hecho ordenar la muerte de Mariene en el caso de que él muriese.

2295-2298 Parlamentos paralelos.

TETRARCA [*Ap.*] (Tiempo habrá para quejarnos.)
MARIENE [*Ap.*] (Para llorar habrá tiempo.)
TETRARCA Aunque me has dado la vida,
no sé si te la agradezco, 2300
pues si es tuya, y tú la guardas,
nada a tus finezas debo.
Dame los brazos... [*Ap.a ella*] (¡En quien
pedazos, viven los cielos,
te hiciera!)... para que logre 2305
mi amor tan feliz empleo.
MARIENE Tuya es el alma y la vida,
[*Ap.a él*] (¡Porque aquí, ingrato, me veo,
te doy los brazos, que antes
pedazos te hiciera en ellos!) 2310
TETRARCA [*Ap. a ella*] (¿Tú ofendida?)
MARIENE [*Ap. a él.*] (¿Tú, quejoso?)
TETRARCA (¿Tú, crüel?)
MARIENE (¿Y tú, severo?)
TETRARCA (Yo tengo razón.)
MARIENE (Yo no,
porque más que razón tengo.)
TETRARCA [*Ap.*] (¡Cielos!, ¿qué es esto que escucho?) 2315
MARIENE [*Ap.*] (¿Qué es esto, ¡cielos! que veo?)
TETRARCA [*Ap.*] (¡Tened el curso, desdichas!)
MARIENE [*Ap.*] (¡Fortunas, parad el vuelo!)
TETRARCA (¡Que dice mucho callando!)
MARIENE (¡Que dice mucho sintiendo!) 2320

2303-2320 El Tetrarca y Mariene comienzan a revelar rasgos de la fragmentación de sus personalidades. Esconden sus sentimientos heridos bajo una cortesía ceremonial que manifiestan hacia afuera ante cortesanos y auditorio, pero entre ellos se ha declarado una guerra de voluntades. Calderón logra expresar la doble conducta mediante el uso de los apartes, indicados por paréntesis.

2315-2316 "¿Qué es esto..." Anáfora.

2319-2320 "¡Que dice mucho..." Anáfora.

[*Vanse el Tetrarca, Mariene y su acompañamiento y*] *vuelve Otaviano por la otra puerta.*

OTAVIANO [*Ap.*] (¡Oh, ejemplo de la hermosura,
y qué soberano imperio
es el tuyo!, pues que obligas
al más generoso pecho
a tu obediencia, que en ti 2325
es valor el rendimiento.)

Sale Malacuca, con muletas y manco.

MALACUCA Señor, ya que tu piedad
con todos cuantos tuvieron
parte en estos alborotos
es tan liberal, te ruego, 2330
que mandes que se me quiten
los tratos que se me dieron,
que son muy bellacos tratos.

SOLDADO 1º Aparta de aquí.

OTAVIANO ¿Qué es eso?

SOLDADO 1º No es nada.

MALACUCA No es, sino mucho. 2335

OTAVIANO ¿Quién sois?

MALACUCA Un príncipe güero,
un capitán de la legua,

2321-2326 Soliloquio de Otaviano, en el que reconoce el imperio de la hermosura.

2332-2333 Se refiere al castigo de los tratos de cuerda. Dilogía.

2336 "príncipe güero." Güero, forma popular por huero, vacío, sin substancia (DA). Véase: *La vida es sueño* ("príncipe huero," PP II, ed. VB, III 2267).

2337 "un capitán de la legua." Un capitán de la farándula. El papel de capitán en una representación. Terminada ésta el actor deja de ser el *capitán* que representaba.

un caballero de viejo;
en efecto, soy un [mal]
Aristóbolo contrahecho, 2340
que sin haberme mojado,
a enjugar estuve puesto,
en tal maroma, que apenas
me vio levantar del suelo
—que siempre yo me levanto 2345
a semejantes sucesos—,
cuando rechinó entre sí,
como quien dice: "yo quiero
hacerle a aqueste una burla";
y se quebró—dicho y hecho—, 2350
con que después de sacarme
los brazos por el pescuezo,
me hizo quebrar ambas piernas;
y en dos muletas parezco
al tiempo, ¡y bien parecido!, 2355
según que anda ruin el tiempo.

OTAVIANO Yo he usado de mi piedad;
si padecisteis primero,
quejaos de vuestra fortuna.

MALACUCA He aquí, señor, que me quejo 2360
y no me sirve de nada.

Sale Aristóbolo.

2338 "un caballero de viejo." Se hace referencia otra vez a los papeles de los actores. Un caballero viejo no tiene las posibilidades de defender sus derechos ante la osadía de los jóvenes. V.g. Laínez en *Las mocedades del Cid,* G. de Castro.

2339 "mal," por "a" (EP).

2340 "Aristóbolo contrahecho." Compárese con "Segismundos llaman todos / los Príncipes contrahechos." (*La vida es sueño,* PP II, ed. V.B., III 2265).

ARISTÓBOLO Humilde a tus plantas llego,
adonde a los dioses juro,
que la vida que te debo
siempre viva agradecida 2365
a la piedad de tu pecho.

MALACUCA [*Ap.*] (¡Que éste por decir que era
yo, se está tan sano y bueno,
y yo por decir que era él,
me estoy ahora muriendo, 2370
oh, vil fortuna!)

OTAVIANO Levanta
Aristóbolo del suelo,
que si hubiera de vengarme
del daño que tú me has hecho,
no bastaran muchas vidas. 2375
Yo te perdono, que quiero
vivir antes bien quejoso
que mal vengado.

ARISTÓBOLO No entiendo
tus razones.

OTAVIANO Son enigmas
que los descifro yo mesmo. 2380

Va[n]se Otaviano [y soldados].

MALACUCA ¡Señor!

ARISTÓBOLO ¿Quién llama?

MALACUCA Tu estatua.

ARISTÓBOLO Pues, Malacuca, ¿qué es esto?

MALACUCA Una gran supercheria
es, que contigo se ha hecho
por debajo de la cuerda, 2385

2376-2378 Juego de palabras.
2379-2380 Otaviano alude a su escondido pasión por Mariene.
2385 "por debajo de la cuerda." "Frase proverbial que expresa el modo

y por encima del viento,
y no la siento por mí,
—que por mí sol[o] la siento—,
pues conmigo no se hizo,
no, sino contigo esto, 2390
porque yo hacía tu papel.

ARISTÓBOLO Pues si conmigo se ha hecho,
yo se lo perdono así,
que tú no te quej[e]s de ellos.

MALACUCA Sí, pero duéleme a mí, 2395
y por aqueso me quejo.

ARISTÓBOLO Luego, no se hizo conmigo. *Vase.*

MALACUCA Probado está el argumento.
Tahúres, los que pedís
monedas, ved en mi ejemplo 2400
una suerte que troqué
de qué manera me ha puesto.

Salen todas las damas, el Tetrarca y Mariene.

TETRARCA Después de dar[me] la vida
que yo tan a costa compro

---

de hacer alguna cosa por medios reservados y ocultos, para lograr con más seguridad el fin que se desea. Es alusión a cierta ley del juego de pelota en que se ha de jugar siempre por encima de la cuerda." (*Diccionario de Autoridades*). Quevedo utiliza esta expresión al final de *El mundo por de dentro* (*Los sueños*, ed. F. Induráin, 84-86)). La frase se ha popularizado en la expresión de *hacer algo bajo cuerda*, o sea ocultamente.

2385-2386 "...y por encima del viento." Juego de palabras.

2394 "quejes," por "quejas" (EP). La construcción de la frase requiere el subjuntivo.

2399-2402 Tahúr. Jugador usualmente fullero. Los graciosos hacían referencias a los juegos de cartas para ilustrar una situación cómica. "Una suerte que troqué." Un juego de cartas que cambié. Juego de palabras.

2403 "de darme la vida" (VT), por "dar mala vida" (EP).

2403-2411 El ritmo del comienzo de este parlamento, que describe la

de los agravios que callo 2405
de las desdichas que lloro,
torciendo las blancas manos,
humedeciendo los ojos,
turbada la voz del pecho,
pálido el color del rostro, 2410
hasta el palacio has llegado,
y en él a lo más remoto
de sus cuartos. Pues, ¿qué es esto?
Mira que es afecto impropio
del beneficio, cobrarle 2415
tan presto; no riguroso
tu pecho aquel bruto sea,
que viendo el veloz arroyo
de una fuente, inficionado
del áspid, noble y piadoso 2420
le enturbia, porque no beba
el caminante que, absorto
de ver enturbiar la plata
que le brindó con sonoro
acento a beber cristal, 2425
en penada copa de oro,

---

emoción de Mariene, posee una cadencia y construcción inspirada en los romances populares.

2414 "afecto," en el sentido de obligación (DA).

2416-2432 Calderón utiliza la paráfrasis de una leyenda del unicornio para explicar la acción de Mariene; la dama ha salvado al Tetrarca de su castigo, pero empañando su reputación; ya que ha tenido que llorar y suplicar ante otro hombre. Se le atribuye al fabuloso unicornio el que enturbiara el agua en donde había un áspid para que no bebiese el caminante sediento. En la Edad Media se supuso que el cuerno del unicornio tenía propiedades milagrosas, y que podía servir de antídoto de venenos. El tapiz del castillo de Verteuil, que perteneció durante generaciones a la familia Rochefoucauld, ilustra la figura legendaria del animal ("La caza del unicornio"). Véase "The Facts on File..." de A. S. Mercante.

maldice al bruto, ignorado
el favor. Y así, dudoso,
no agradeceré la vida
si con agravios la logro; 2430
que es turbar los beneficios
embozarlos con enojos.

MARIENE Ya hemos llegado hasta el cuarto
prevenido. Salíos todos.

Vanse [las damas y quedan con Mariene, el Tetrarca y Sirene].

[*A Sirene.*] (Tú tenme abierta esa puerta, 2435
en tanto que yo dispongo
cerrar esta otra.)

[*Vase Sirene*].

TETRARCA ¿¡Fortuna,
qué es esto!?

MARIENE [*Al Tetrarca*] Ya estamos solos.

TETRARCA ¿Qué miras?

MARIENE Miro el puñal,
que del reloj presuroso 2440
de mi vida fue el volante.

TETRARCA En un peligro notorio
[de mi vida] le perdí.

MARIENE Pues, [escucha.]

TETRARCA Ya te oigo.

2439-2441 Mariene está obsesionada por la predicción del mago y tiene obsesiones amenazantes del puñal.

2442-2443 El Tetrarca le comunica que perdió su puñal.

2443 "de mi vida le perdí" (VT), por "le perdí." El texto de la príncipe está adulterado en este pasaje; le falta un verso.

2444 "Pues, escucha" (VT), por "Pues, oye" (EP). Véase la nota anterior.

MARIENE Bien pensarás....¡Oh, cobarde 2445
amante! ¡oh, tirano esposo,
aleve, crüel, sangriento,
bárbaro, atrevido y loco!
Bien pensarás, que pedir
a aquel monarca famoso, 2450
a aquel valiente romano,
a aquel capitán heroico,
en cuya vida el ave sea
[que en] sagrado mauseolo,
nace, vive, dura y muere, 2455
hijo y padre de sí propio—,
la tuya, compra[da] a precio
de suspiros y sollozos,
ha sido piedad y amor
de mi pecho generoso... 2460
Pues, no ha sido, no, piedad
[ni] amor... afecto rabioso
y venganza, sí; porque
no hay otro estilo, no hay otro
camino de castigar, 2465
un ingrato pecho, como

2445, 2449 "Bien pensarás..." Anáfora.

2445-2456 "cobarde...tirano...aleve, crüel...." Enumeración acumulativa y progresiva de epítetos peyorativos.

2448-2455 Mariene compara a Otaviano con el Fénix, símbolo del sol naciente, ave que muere para renacer, en contraste con Herodes, cuya fatalidad anuncia la muerte.

2450-2452 Metáboles.

2454 "que en..." (VT), por "el sagrado mauseolo" (EP); mauseolo, mausoleo, sepulcro magnífico (metáfora).

2455 Gradación.

2457 "comprada" (M3), por "comprando" (EP).

2459-2463 Contraposiciones antitéticas.

2462 "ni" (M3, VT), por "mi" (EP).

2464 Epanadiplosis.

pagarle con beneficios,
cuando ofende con enojos;
que merced hecha a un ingrato,
más que merced, es oprobio. 2470
No, pues, por librarte, no,
del veneno riguroso,
turbé el cristal, aprendiendo
piadades del Unicornio;
antes para que le bebas 2475
te le enturbié con embozos,
y al revés de la piedad
de aquel animal piadoso,
procedí; pues, él cubrió
el beneficio de polvo, 2480
y yo de halagos la ofensa.
Mira lo que hay de uno a otro,
que [él] desdora las piedades,
y yo las crueldades doro.
No me diera, no, venganza, 2485
verte morir, cuando noto
que es la muerte en los afanes
última línea de todos.
Verte vivir, sí, ofendido,
aborrecido y quejoso; 2490
porque en el mundo no hay
castigo más riguroso
para un ingrato, que verse,
olvidado de lo propio

2469-2470 "que merced...que merced." Repetición.

2471 Epanadiplosis.

2471-2490 Mariene desdice la presunción de Herodes sobre su conducta, cuando la comparaba con el *unicornio*, y, comentando la paráfrasis, ofrece una versión contraria.

2483 "él" (VT), falta en la príncipe.

2486, 2489 "verte morir," "verte vivir." Anáfora y antítesis.

2491-2495 Mariene acusa a su marido de ingrato y le retira su amor.

que se vio amado. El que llega 2495
a esto ¿cómo vive, cómo?;
[demás de que], por mí misma,
por mi honor, por mi decoro,
pedí tu vida, encubriendo
las causas con que me enojo; 2500
que saben todos quien soy,
y quién eres uno solo;
y no por ganar con uno
había de perder con todos.
Tu vida pedí, en efecto, 2505
porque sepas que no ignoro
que has vivido en esta ausencia
de mi muerte cuidadoso.
Est[e] papel, esta firma
te convenza[n]. ¡Con qué asombro 2510
le miras, quedando viva
estatua de nieve y plomo!
En mi mano está. No tienes
[que] examinar estudioso
cómo vino a ella, porque 2515
la tierra viendo el adorno
y la hermosura que debe
a ese cristalino globo,
que parte la luna a giros,
que el sol ilumina a tornos, 2520
le ofreció de no encubrirle
nada en su centro más hondo,

2497 "demás de que" (M3), por "fuera desto" (EP).
2508 "cuidadoso." En el sentido de solícito.
2509 "Este" (S, M3, VT), por "Esta" (EP).
2510 "convenzan" (M3), por "convenza" (EP).
2514 "que" (S, M3, VT). Falta en EP.
2515-2524 Perífrasis para indicar una proyección astral sobre el hecho de que Mariene descubriera la orden crüel de su esposo.

que aun los cielos con ser cielos
dan las mercedes a logro.
¿Tú eres—aquí de mi aliento...— 2525
tú—...desmayo al primer soplo;
con mis lágrimas me anego,
con mis suspiros me ahogo—
de Jerusalén, Tetrarca?.
¿Tú eres rama de aquel tronco, 2530
—que dice bien el que dice
que eres bajo y afrentoso
idumeo—, cuya cuna
bárbara es? ¿Qué más apoyo
de esta opinión, que tus celos 2535
infames como alevosos?
¿Qué fiera, la más crüel,
qué bruto, el más riguroso,
qué pájaro, el más aleve,
qué bárbaro, el más ignoto, 2540
mató muriendo? Pues, antes,
de hombres, fieras y aves oigo
que mueren dando la vida.

2525-2541 Erotemas con los que se reprocha la conducta del Tetrarca. en el tercero se explaya una comparación con varios componentes diseminativos (fiera, bruto, pájaro y bárbaro).

2530-2534 Mariene, princesa hasmonea, acusa a su marido de ser idumeo. Los idumeos ocupaban las tierras al sur de Jerusalén, y, aunque su ascendencia venía de Esaú, fueron vistos con malos ojos por los judíos, que los consideraban paganos a pesar de haber sido convertidos a su fe. En el caso de Herodes,la madre de éste, Cyprus, fue una princesa árabe del reino Nabateo, cuya capital era Petra. Las relaciones de Herodes con Petra fueron amistosas. Alexander Parker, en un estudio suyo sobre *El mayor monstro, los çelos*, incluye este pasaje en su comentario, como si fueran unos versos que faltaran a M3 ("Prediction and its dramatic function..."186). Téngase en cuenta que esta parte del manuscrito había sido escrita por el mismo Calderón, el cual, en esta versión no los insertó.

Dígalo, en [gemidos] roncos,
la víbora, que mordiendo 2545
sus entrañas, poco a poco
se despedaza, sacando
muchas vidas de un aborto.
Dígalo el ave, que muestra
el pecho en mil partes roto, 2550
y por dar la vida muere
desangrad[a] entre sus pollos.
Dígalo el bárbaro, pues
que al peligro más notorio
expuesto el pecho, a su espalda 2555
pone a su esposa, y piadoso
es escudo de su vida
contra la pluma y el plomo.
Mas tú, más que todos, fiero;
Mas tú, más bruto que todos; 2560
mas tú, [más] bárbaro en fin,
no sólo [amparas], no sólo
favoreces lo que amas,
pero avaro de los gozos,
aun [muriendo] no los dejas; 2565
bien como el que codicioso
amante de sus riquezas,
porque no las goce otro,
manda, que, después de muerto,

2544 "gemidos" (M3), por "bramidos" (EP). Término utilizado en la época metafóricamente como sonido "de los animales y aves que imita el gemido del hombre" (DA).

2544, 2549, 2553 "Dígalo." Anáfora que introduce una explicación sobre cada uno de los elementos diseminativos de la comparación.

2552 "desangrada" (M3), por "desangrado" (EP). Se refiere a *ave*.

2559-2561 "Mas tú... más tú..." Anáfora.

2561 "más" (M3, VT). Falta en EP.

2562 "amparas" (M3), por "apenas" (EP). Epanadiplosis.

2565 "muriendo" (M3, VT), por "marido" (EP).

le entierren con su tesoro. 2570
[Supongo] que fue fineza
este decreto, supongo
que fue con celos—que nada
quiero dejarte en tu abono—
quien, muriendo pues, previno, 2575
avariento o cauteloso,
llevar desde aqueste mundo
prevenciones para el otro.
Si es nuestra vida una flor
sujeta al más fácil soplo 2580
de los alientos del Austro,
de los suspiros del Noto,
que en espirando ella, espira
todo cuanto vemos, todo
cuanto [gozamos]... ¿qué error 2585
dispuso que tú celoso
[prevengas para el sepulcro
las riquezas y los gozos?]
¿Qué hazaña de amor es ésta?
Y pues examino y toco, 2590
que podrá vivir mi pecho
más seguro y más dichoso,
aborrecido, que amado,

2571 "Supongo" (M3, VT), por "supuesto" (EP).

2571-2572 "Supongo...supongo." Anáfora.

2581 "Austro." "Uno de los cuatro vientos cardinales; ...viene de la parte del mediodía, según la división de la *rosa* náutica en doce vientos, y en venticuatro según los antiguos." (DA)

2582 "Noto." Otro término por Austro. Metábole.

2584-2585 "todo cuanto...todo cuanto." Anáfora.

2585 "gozamos" (VT), por "goza más" (EP).

2587-2588 "prevengas para el sepulcro / las riquezas y los gozos" (VT). Versos que faltan en la príncipe, necesarios para terminar el significado de la frase.

desde aquí a mi cargo tomo
el hacer que me aborrezcas. 2595
Que aunque pudiera con otro[s]
medio[s] huir de ti, y vivir
en el clima más remoto
—donde el sol avaramente
dispensa sus rayos rojos, 2600
o donde pródigo abrasa,
menudas arenas de oro—,
[no lo he de hacer que no tengo]
de dar con [nuestro] divorcio,
que decir al mundo; y esto 2605
se quedará entre nosotros.
En tu vida, ni en mi vida
me has de mirar sin enojos,
me has de hablar sin sentimientos,
me has de escuchar sin oprobios, 2610
ver sin suspiros los labios,
ver sin lágrimas los ojos,
y este obscuro velo, puesto
siempre delante del rostro,
[hará que ni el sol me] vea, 2615
siendo mis reales adornos
eternamente este luto.

2594-2595 Mariene declara la "guerra" de voluntades.

2596 "otros" (M3), por "otro" (EP).

2597 "medios" (M3), por "medio" (EP). La forma en plural evita que al octosílabo le falte una sílaba.

2603 "no lo he de hacer que no tengo" (M3), por "más feliz sin ti, no" (EP).

2604 "de dar con nuestro" (M3) por "he de dar con tal" (EP).

2607 "vida.. vida." Epífora.

2608-2610 Anáfora y metáboles.

2611-2612 "ver sin...ver sin." Anáfora.

2615 "hará que ni el sol me" (M3), por "estorbará el que te" (EP).

Y en aques[te] cuarto sólo
viviré con mis mujeres,
guardando viudez en todo. 2620
Y nunca me entres en él
que, ¡por los dioses que adoro,
que de la más alta almena
me arroje al sepulcro undoso
del mar, donde dividida 2625
dé mi muerte, en breves trozos,
a los átomos, que son
jeroglíficos del ocio!
Y no me sigas, porque
¡te miro con tanto asombro, 2630
con tanto temor te hablo,
con tanto pavor te oigo,
que pienso, que ya se cumple
de aquel judiciario docto

2618 "aqueste," por "aquesse" (EP). Variante sugerida por M3.

2622 "¡por los dioses que adoro..." Calderón caracteriza a Mariene como una pagana que cree en los dioses romanos.

2623-2625 La tensión psicópata de Mariene se observa en el hecho de que amenaza con el suicidio, en el caso de que su esposo contraríe sus deseos.

2627 "átomos." "Se suelen llamar por su pequeñez las moléculas que andan por el aire tan imperceptibles que sólo las vemos al rayo del sol, cuando entra por los resquicios de las ventanas, y los llaman átomos del sol" (*Diccionario de Autoridades*).

2628 "jeroglíficos del ocio." Refiérese a los *átomos*. El contemplativo tiene tiempo para mirar y pensar en lo que ve; por eso, son signos del ocio. Ocio en el sentido filosófico de *otium*. La palabra jeroglífico la utilizó Calderón, a menudo, de acuerdo con su estilo emblemático. El término se puso de moda en el renacimiento, tras el descubrimiento del texto *Hieroglyphica*, de Horapollo, realizado por Christophoro Bundelmonti en 1419, del que se hicieron repetidas ediciones y traducciones.

2630-2632 "con tanto..." Repeticiones. "Asombro," "temor," "pavor." Metáboles.

2634 "judiciario," que explica y ejercita el arte de adivinar (*DA*).

	[el] hado! Pues si él [pre]dijo	2635
	que tu acero prodigioso	
	y el mayor monstruo del mundo	
	me amenazan, hoy conozco	
	la verdad. Pues si entras dentro,	
	huyendo del uno al otro,	2640
	¡oh me ha de matar tu acero	
	o el mar, que es el mayor monstruo! *Vase.*	
TETRARCA	¿Hasta aquí pudo, hasta aquí	
	llegar un hado crüel?	
	El papel mismo, el papel	2645
	que, con Filipo, escribí	
	a Tolomeo, ¡ay de mí!,	
	tiene Marïene—¡fuerte	
	dolor!,—y ella—¡injusta suerte!—	
	de mi rigor ofendida,	2650
	me ha dilatado la vida	
	por dilatarme la muerte.	
	No me quejo del rigor	
	con que se queja a los cielos,	
	¡bien lo merecen mis celos,	2655

2635 "el hado" (M3, VT), por "echado" (EP). "predijo" (M3), por "me dijo" (EP).

2638-2639 Mariene sabe ahora que la amenaza de la predicción se encuentra en su marido.

2642 "o el mar, que es el mayor monstruo." Es decir, el mar es concebido como símbolo del final de la vida de los humanos (Pérez-Rioja), y en ese sentido es un monstruo más amplio que los celos.

2643 Epanadiplosis.

2643-2644 Erotema.

2643-2712 Soliloquio del Tetrarca, en el que expone sus quejas y reflexiona sobre su situación de celoso,. empecinado en su pasión.

2648-2649 "fuerte dolor," "injusta suerte." Ecfonemas. Exclamaciones que interrumpen el discurso para acentuar la tensión dramática.

2651-2652 Retruécano.

2655-2656 "¡bien lo merecen... bien lo merece!" Anáfora con variante.

bien lo merece mi amor!
¡Mas quéjome de un traidor
tan aleve y tan crüel!...
mas, ¡ay de mí!...que no es de él
la culpa, que sólo es mía; 2660
que esto merece quien fía
sus secretos de un papel.
Ni sé qué hacer ni decir,
que entre uno y otro pesar,
ya ni me puedo quejar 2665
ni dejarlo de sentir.
Desenojarla es mentir,
porque es mi amor de manera,
mi pasión tan dura y fiera,
que si en tanta confusión 2670
hoy volviera a la prisión,
hoy al delito volviera;
porque ella, al fin, no ha de ser,
ni vivo ni muerto yo,
de otro nuevo dueño, no; 2675
y si alguno quiere ver
lo extremo de este querer,
en parte gusto me ha dado
el que se haya declarado,
pues en esta ocasión ya 2680
sin escándalo estará
siempre este cuarto cerrado.
Cerraréle por de fuera,
y yo mismo no entraré
en él, porque yo aun no sé 2685

2671-2672 "hoy volviera... hoy...volviera." Repetición.

2673-2675 El Tetrarca es recalcitrante en su delito.

2678-2682 La idea del cuarto cerrado, con lo que nadie puede atreverse al honor de su esposa, obtiene la aprobación del celoso, aun a costa de él mismo.

si a mí otros celos me diera;
¡y sí hiciera, sí, sí hiciera!,
pues, si a mirarme llegara
[en] sus brazos y pensara
que era tan dichoso, allí 2690
me desconociera a mí,
y que era otro imaginara;
de suerte, que mis desvelos,
enseñados a desdichas,
tuviera[n] miedo a mis dichas 2695
pues ellas me dieran celos.
¿Quién son estos desconsuelos?
¿Quién es aqueste rigor?
¿Cuya pena, cuyo horror,
que no es—discurso prolijo— 2700
ni envidia ni amor, [y] es hijo
de la vida y del amor?
Hecho de heridos despojos,
tiene de sirena el canto,
y de cocodrilo el llanto, 2705
de basilisco los ojos,
los oídos, para enojos,
del áspid: luego bien fundo,

2687 Epanadiplosis imperfecta.

2689 "en" (VT), por "a" (EP).

2695 "tuvieran" (VT), por "tuviera" (EP). El verbo concierta con desvelos.

2697-2702 Erotemas. 2701 "y" falta en EP.

2703-2708 Se compara la pasión de los celos con la sirena que llamaba a los navegantes con dulcísimo canto para atraerlos y despedazarlos; al cocodrilo, del que la leyenda dice que lloraba para atrapar al desprevenido y devorarlo—Lope de Vega utilizó la misma imagen en *La Dorotea* ("cocodrilo gitano, que llora y mata." ed. E. Morby, I, 91); al basilisco, animal mitológico, "especie de serpiente," "que con la vista y resuello mata." (*DA*); y al áspid, refiérese aquí a la cobra que hincha el cuello cuando se prepara para atacar.

siendo monstruo sin segundo,
esta rabia, esta pasión 2710
de celos, que celos son
el mayor monstruo del mundo.

Sale[n] Filipo y Tolomeo.

FILIPO ¿Cómo te daré, señor,
el parabién de tu vida?
TETRARCA ¡Viendo la tuya rendida 2715
a manos de mi rigor!
FILIPO ¿En qué te ofendí?
TETRARCA Traidor,
poco leal, menos fiel,
¿qué hiciste, di, de un papel
que [te di]?
TOLOMEO [*Ap]* ([¡Mis penas] creo!) 2720
FILIPO ¿No era para Tolomeo?
TETRARCA Sí.
FILIPO Pues él te dirá de él.
TOLOMEO [*Ap*.] (¡Qué poco duró, ay de mí,
el secreto en la mujer!)
TETRARCA Di, tú, traidor,...
TOLOMEO [*Ap*.] (¿Qué he de hacer?) 2725
TETRARCA Un papel que te escribí,
¿qué es de él?
TOLOMEO [*Ap*.] (La verdad aquí
es la disculpa mejor.)
Una dama,...
TETRARCA Di.
TOLOMEO ...señor,
a quien sirvo para esposa... 2730

2720 "te di?" (M3). Falta en la príncipe. Se recupera así el sentido del diálogo. "¡Mis penas" (M3), por "Ya mis desdichas" (EP). Variante necesaria para mantener el octosílabo.

TETRARCA Prosigue.
TOLOMEO ...de mí celosa
—necios delitos de amor—,
me le quitó de la mano,
a cuyo tiempo llegó
tu esposa.
TETRARCA Castigue yo... 2735
FILIPO ¡Tente, señor!
TETRARCA ...tan tirano
yerro.
TOLOMEO [*Ap.*] (Esperar es en vano,
la fuga mi vida guarde.)
FILIPO ¡Huye, Tolomeo!
TETRARCA ¡Cobarde,
si al mismo cielo te subes, 2740
campaña serán las nubes,
que hagan de mi honor alarde!
TOLOMEO [*Ap.*] (¿Dónde de tanto rigor
estaré seguro?)

[Pónese en medio Filipo. Vase huyendo Tolomeo, el Tetrarca tras él y vuelven por la otra parte el Tetrarca y Filipo deteniéndole]

FILIPO Advierte
que huyendo tu acero fuerte 2745
al campo salió, señor,
y ya del emperador
hasta la tienda ha llegado.
TETRARCA Pues válgale ese sagrado
por ahora, aunque no sé 2750
cómo un punto viviré
ofendido y no vengado.

Vanse el Tetrarca y Filipo, [y] salen Otaviano y Tolomeo.

OTAVIANO Hombre que te has atrevido
hoy a penetrar mi tienda,
[robado el color, perdidas] 2755
las acciones, siempre puesta
la mano en tu acero, cuando
al sueño rindo las fuerzas.
Si, por dicha o por desdicha,
alguna traición intentas, 2760
ejecútala conmigo,
sólo estoy.

TOLOMEO Señor, espera,
que es lealtad y no traición
la que a este lance me fuerza.

OTAVIANO ¿Quién eres?

TOLOMEO Soy un soldado 2765
hijo infeliz de la guerra.

OTAVIANO ¿Qué pretendes?

TOLOMEO No mi vida,
que nada me importa ésta,
la de Marïene sí,
que es mi señora y mi reina. 2770

OTAVIANO Buenas cartas de favor
traes. Di, y lo que fuere sea.

TOLOMEO El Tetrarca, enamorado
tanto de su esposa bella,
—que son milagro los dos 2775
del amor y la belleza—,
viendo que ya de su muerte
declarada la sentencia
estaba, y viendo que [tú],
enamorado de verla 2780
en un retrato, la amabas

2755 "robado el color, perdidas," por "perdido el color, robadas." Por comparación con el M3 y VT.

2779 "tú" (M3, VT), por "no" (EP).

—que todo aquesto me cuenta
a quién él se lo contó—,
porque, aun muerto él, no pudieras
lograrla, mandó matarla. 2785
Si fue rigor o fineza,
no lo sé, que en este caso
cualquiera disputa es necia.
Mandómelo a mí. Y la carta
que de estos delitos era 2790
cómplice, llegó a sus manos
—no importa que el cómo sepas—,
o bien los rigores de él
o bien los agravios de ella,
—que esto no se [ha] publicado—; 2795
[cuyos celos, de manera
al verla hoy viva y contigo,
crecieron con la sospecha
de que por ella habías dado
a Jerusalén la vuelta,] 2800
con cuyo afecto es forzoso,
si no es que el discurso mienta,
que esté [en] peligro su vida.
Mejor lo dirán las señas,
de ver, que, en un cuarto sóla, 2805
con sus mujeres la encierra,

2784-2785 Tolomeo revela al César la orden secreta del Tetrarca.

2793-2794 "o bien... o bien...," anáfora y metábole.

2795 "ha" por "han" (EP). Forma impersonal.

2796-2800 "cuyos celos, de manera" (M3, VT), por "de sus celos la violencia" (EP). Faltan los versos siguientes (2797-2800), recuperados gracias al M3 y en parte, a VT.

2803 "en," por "a" (EP).

2806 Tolomeo expresa que el Tetrarca ha encerrado a Mariene.

donde apenas entra el sol
y entrara cuando entre a penas.
Pues eres César, señor,
y tan generoso César, 2810
que para victorias tuyas
faltan hoy plumas y lenguas,
libra, libra de un tirano
su vida, que el que en ausencia
mandaba matarla a otro, 2815
mejor lo hará en su presencia
por su mano. Ampara, pues,
su beldad, porque te deba
el cielo su mejor rayo,
la aurora su mejor perla, 2820
el abril su mejor flor,
y el sol su mejor estrella.

OTAVIANO [*Ap.*] (¡Expuesta, pues, Marïene,
y por mi ocasión expuesta
a tanto riesgo! ¿Qué espero? 2825
¡No soy quien soy, si por ella
no pierdo la vida! Iré
donde... Más, con más prudencia,
lo he de mirar, que no es bien
que la información primera 2830

2807-2808 "donde apenas entra el sol / y entrara, cuando entre a penas." Construcción semejante a otra famosa de *La vida es sueño*, "y apenas llega, quando llega a penas" (PP II, ed. VB, I 20).

2809-2810 "César...César." Epífora.

2813 "libra, libra." Reduplicación.

2819-2822 Se compara a Mariene con un rayo, una perla, una flor y una estrella. Los símiles con la naturaleza son usuales en la retórica calderoniana.

2823-2824 "Expuesta... expuesta." Epanadiplosis.

2826 Otaviano responde al concepto caballeresco del "soy quien soy." Véase: "Soy quien soy," de Leo Spitzer.

me lleve tras sí.) Soldado,
mira si verdad me cuentas.

TOLOMEO Tanto, que a la misma torre
te llevaré a que la veas,
afligida y retirada, 2835
por no decirte, que presa.

OTAVIANO ¿Dentro de la torre?

TOLOMEO Sí,
porque yo tengo...

OTAVIANO Di apriesa.

TOLOMEO [*Ap.*] (¡Para qué de cosas hoy
sirvió mi amor!)... llave maestra, 2840
con que cada noche entraba
a hablar en un jardín de ella,
con una dama que fue
de todo causa primera.

OTAVIANO Pues, guíame tú, que nada 2845
temo, ni recelo. [*Ap.*] (Sea
ésta traición o lealtad,
a todo mi amor se arriesga.)
Y pues ya el ave nocturna
extiende las alas negras 2850
haciendo sombras, y el sol,
Fénix, renace de estrellas,
en hogueras de zafir,
vamos. [*Ap.*] (¡Marïene bella

2838 Apriesa. Aprisa.

2840-2842 El recurso de la llave maestra con la que un galán puede entrar en el jardín de la residencia de su dama es usual en las comedias de capa y espada.

2845-2846 "nada temo, ni recelo." Metábole.

2846-2847 "Sea ésta traición o lealtad." Antítesis.

2849-2853 Perífrasis para indicar la venida de la noche. Las sombras nocturnas se comparan a la llegada de un ave negra, y la ausencia del sol tiene su correspondencia con el fulgor de las estrellas, que, en menor escala, reproducen su luminaria, por eso son Fénix del astro.

a darte la vida voy, 2855
quiera [amor] que l[o] agradezcas!)

*Va[n]se.Salen todas las mujeres,
y Mariene desnudándose.*

MARIENE ¡Dejadme morir!
LIBIA Advierte
que esa pena, ese dolor,
más que tristeza es furor
y más que furor es muerte. 2860
MARIENE Es tan fuerte
este mal, es tan penoso,
que no me matara fiel,
[sin ver él],
que ser conmigo piadoso, 2865
no es dejar de ser crüel.
SIRENE ¿Quieres, mientras desafía
al sol resplandor tan bello,
des[marañando] el cabello
de las prisiones de[l] día, 2870
que armonía
dulce te divierta?
MARIENE Yo
para desdichas nací;

2856 "amor" (M3, VT), por "Dios" (EP). "lo" (M3, VT), por "la" (EP).

2858 Metábole. La melancolía de Mariene la postra en una inercia enfermiza. Sobre el tema véase *Libro de la melancolía*, de Andrés Velázquez.

2864 "sin ver él" (M3, VT), por "viendo él" (EP).

2869 "desmarañando" (M3, VT), por "desobligado" (EP).

2870 "del" (M3, VT), por "de" (EP).

2871-2872 "armonía / dulce," en el sentido de música, acompañada de canto.

2873 La idea de estar destinada a la infelicidad embarga la mentalidad de Mariene.

viviendo así,
no he de oír músicas, no, 2875
suspiros y penas sí.

Salen Tolomeo y Otaviano.

TOLOMEO Pisando las negras sombras
en el silencio nocturno,
de la noche, has penetrado
el jardín, y hasta lo oculto 2880
de su cuarto llegas.

OTAVIANO Ya
de tus verdades no dudo.
Retírate tú a esa puerta,
que menos ruïdo hará uno,
mientras de otras señas yo 2885
más informarme procuro.

TOLOMEO No te sientan.

OTAVIANO No podrán
desde aquí.

TOLOMEO Pues, bien seguro
quedas. A la puerta espero. *Vase.*

OTAVIANO Y yo más cobarde dudo, 2890
si ha sido dicha o desdicha
tener la ocasión que busco,
porque tanto la deseo,
y tanto en ella me turbo,
que no sabré discurrir 2895
si est[o] es ya pesar o gusto.
Verdad sus desdichas son,
pues que vestida de luto

2877-2878 El hecho de que Otaviano llegue de noche al retiro de Mariene puede tener un sentido simbólico, ya que la conducta del César va a ceder a la pasión del amor.

2890-2896 Las emociones en pugna del César revelan su deseo de tener una ocasión para lograr la intimidad con Mariene.

2896 "esto" (M3, VT), por "este" (EP).

está. Y como de las sombras
sale el sol más bello y puro, 2900
así con la oposición
del traje está tal, que juzgo
que ha buscado su hermosura
las desdichas con estudio.

Retirándose tropieza en un bufete y cae un azafate.

Mas ¿qué he hecho? ¡válgame el cielo! 2905
MARIENE ¿Qué ruido es aquél?
OTAVIANO [*Ap.*] (No excuso
ya que me vean.)
SIRENE Señora,
no sé...
MARIENE Y yo apenas.
OTAVIANO [*Ap.*] (¡Qué a punto
para tropezar en él
aquí este bufete estuvo!) 2910
MARIENE Dad voces. ¡Hola!
OTAVIANO Detente,
no des voces.
SIRENE Veloz huyo.
MARIENE Llama, Libia.
LIBIA Yo no puedo.

Vanse las mujeres, dejando cada una la parte que le ha tocado de los vestidos

---

2899-2904 Retórica amorosa, por la que el galán compara a la dama con el sol.

2905-2906 El acaso hace que Otaviano sea descubierto desde donde observa a la reina judía. Derriba sin querer un azafate o canastillo, probablemente de oro (*DA*). El azafate había sido un artefacto de importancia en *La dama duende*.

de Mariene.

OTAVIANO	Marïene.	
MARIENE	¡Oh, cielo injusto!	
OTAVIANO	Segur[a] estás.	
MARIENE	¡Pena fuerte!	2915
OTAVIANO	Que quien de esta suerte pudo	
	entrar sólo aquí, no viene	
	a ofenderte, mas le trujo	
	deseo de darte vida.	
MARIENE	Mucho es mi temor, y mucho	2920
	mi valor. Pues...,señor...cuando...	
	yo...cómo... [*Ap.*] (—apenas pronuncio	
	razón—) . ¿En mi cuarto vos?	
	¿Vos en el jardín?	
OTAVIANO	Quien supo,	
	antes de veros, amaros,	2925
	después de veros, bien dudo	
	que dejar de amaros sepa.	
MARIENE	No son de un César Augusto	
	estas hazañas.	
OTAVIANO	Sí son,	
	que antes el César dispuso	2930
	que en mí del daño se quede	
	la causa; y esto procuro,	
	enmendando vuestro riesgo,	

2915 "Segura" (S), por "Seguro" (EP). El adjetivo concierta con Mariene.

2920 "Mucho...mucho." Epanadiplosis.

2921-2922 La tensión del encuentro con el César hace que Mariene tenga dificultad en expresarse y pierda momentáneamente la facultad del habla.

2924-2929 Otaviano comienza a cortejar a Mariene, utilizando una retórica amorosa, y la hermosa judía le menciona que no es apropriada tal conducta en un príncipe de su estatura. Repeticiones.

2929-2934 El César se excusa diciendo que ha venido para evitar el daño que pueda ocurrirle a Mariene, a causa de los celos de su esposo.

de que fui causa.

MARIENE Y[o] arguyo:

que sois vos el que mi vida 2935

en tantas desdichas puso,

¿y queréis remedïarlas?

Ya de todas os disculpo

con que os vais de aquí.

OTAVIANO Sí haré

como para blasón sumo 2940

dejéis tocar esa mano.

MARIENE Es atrevimiento injusto.

OTAVIANO No es, sino justo deseo.

MARIENE Antes...¡a los dioses juro!

con este puñal que ciñes 2945

Saca el puñal.

que ya en mi mano desnudo

está, me [atraviese] el pecho.

OTAVIANO Ya de verte me confundo.

Detente, mujer, detente,

que eres un vivo trasunto 2950

que me repite a los ojos

2934 "Yo," por "Ya" (EP). "Yo arguyo." En este momento de clímax emocional, Mariene recurre a la terminología del debate filosófico.

2939 "vais." Síncopa por vayáis. Usual en el habla española del XVII.

2944-2947 Mariene defiende su honor con la amenaza de suicidarse. La situación se asocia con el famoso ejemplo romano de Lucrecia, que se dio muerte para vengar su honor mancillado. Calderón había llevado a escena un lance semejante al de *El mayor monstruo del mundo* en *Amor, honor y poder*. En este drama, Estela, condesa de Salveric, amenaza matarse con un puñal ante el requerimiento sexual de Eduardo, rey de Inglaterra.

2947 "atraviese" (M3, VT), por "romperé" (EP).

2949-2953 Otaviano entiende que va a ocurrir la muerte de Mariene, y que la realidad va a confirmar que el retrato era de una beldad muerta.

2949 Epanadiplosis.

de aquel trágico dibujo,
las especies.

MARIENE ¡Ay de mí!
¿Qué es lo qué miro? ¿Qué dudo?
El puñal es este, ¡cielos!, 2955
que siempre fatal indujo
mi estrella contra mi vida.

Déjale caer.

¡Oh riguroso, oh sañudo
ministro! Ya con más causa
de dos enemigos huyo. *Vase.* 2960

OTAVIANO Espera, detente, aguarda...
[*Ap.*] (¡Bien sé que mi muerte busco,
pero tengo de seguirla
ni bien vivo, ni difunto!)

*Vase y sale como cayendo el Tetrarca.**

TETRARCA ¿Quién en el mundo, ladrón 2965
del mismo tesoro suyo,

2958-2959 "¡oh riguroso, oh sañudo..." Metábole. Se refiere al puñal fatídico que había pasado al poder de Otaviano, tras el intento del regicidio, perpetrado por el Tetrarca.

2960 "de dos enemigos huyo." Huye de Otaviano que atenta contra su honor, y del puñal con el que el mayor monstruo le daría muerte.

2961 Metáboles.

2962-2964 Otaviano sufre un estado de trance ante la marcha de los acontecimientos que empiezan a revelar la impacable fuerza del destino.

* La caída de un personaje tenía un valor emblemático, pues suponía el anuncio de malos sucesos. Los romanos daban importancia agorera a estos accidentes. Calderón utiliza la caída de un personaje como un aviso trágico. En *El príncipe constante*, cuando el ejército portugués desembarca en las costas de Africa, don Enrique cae y exclama "¡Válgame el cielo! / Hasta aquí los agüeros me han seguido!" (PP, I, ed. VB, I 483-484).

quiso dentro de su casa
gozar sus bienes por hurto?
Por las tapias del jardín
he entrado, que así procuro 2970
ver si con amor obligo,
a quien con celos injurio.
Ofendida, Marïene,
de mi decreto, propuso
que ya la tenga por muerta, 2975
quien por perdida la tuvo.
Este es su cuarto, y en él,
a una escasa luz, nocturno
lucero, que late horror
en repetidos impulsos, 2980
veo un bufete quebrado,
y por la tierra aquí juntos
de mujeriles adornos,
distintamente confusos,
lleno el suelo. Mas [¿qué es esto?] 2985
Informado, ¡ay Dios!, presumo
que casa que se despoja
de las riquezas que tuvo,
sin orden y sin concierto,
es materia al fuego,—¡Oh injusto 2990
pensamiento!—. Pero ya
no dudo, ¡ay cielos!, no dudo
ni la tormenta ni el fuego,
siendo de los dos asunto;

2970-2972 El Tetrarca desea ejercer sus derechos de cónyuge, a pesar de que Mariene se los ha retirado.

2985 "¿qué es esto?" (M3, VT), por "no es éste" (EP).

2992-3002 Herodes asume que su mujer tiene un amante y que ésta es la causa del desorden de las prendas de su mujer esparcidas por el suelo. Alude a ello, en lenguaje metafórico, con los términos de tormenta y fuego, equiparando el suceso con el accidente de una tormenta, en el que ocurre destrucción e incendio. 2992 Epanadiplosis.

la tormenta, pues que [y]o 2995
en sus piélagos fluctúo;
el fuego, pues que ya siento
la llama en que me consumo.
Luego hay tormenta y hay fuego,
donde hay agravio sumo, 3000
para zozobrar suspiros,
y para hacer llorar humo.
¿Qué es esto? ¡Ay de mí! ¿No es este
el puñal sangriento y duro
que previno el cielo, sí, 3005
en los celestes coturnos
por ministro de los astros,
por aguja de sus rumbos?
¿No es este el que yo a Otaviano
dejé? ¡Sí! Pues, ¿quién le trujo 3010
entre pompas [arrastradas]?
Pero ¿para qué discurro,
si de un hombre desdichado
es homicida el discurso?

2995 "yo," por "no" (EP), tras la comparación con M3 y VT.

3003-3005 El Tetrarca recoge el puñal fatídico que había sido arrojado por Mariene; al verlo llega a la conclusión de que el supuesto amante de su esposa es Otaviano. Compárese con *El médico de su honra* (Acto II).

3006 "celestes coturnos." El coturno era un calzado "muy alto de suela, para hacer levantar del suelo la persona, y que parezca más alta y prócera" (*DA*). En la tragedia grecolatina, los actores calzaban coturnos para subrayar su posición más elevada, de reyes, príncipes y héroes. *Celestes coturnos* quiere decir cielos trágicos (sinécdoque).

3007-3008 Anáfora ("por") y metábole. El puñal es emisario de la fuerza astral, y guía de la fatalidad.

3011 "arrastradas" (M3, VT), por "afectadas" (EP). Variante que concierta mejor con el contexto.

¡Tarde hemos llegado, celos, 3015
[y bien] tarde! Pues ya juzgo
que quién arrastra despojos
habrá celebrado triunfos.
Pues ¿qué espero? Este puñal
mi pecho penetre agudo, 3020
si es dichoso el desdichado,
que siéndolo, nunca supo
que lo era. Nunca sepa,
¡ay de mí!, lo que presumo.
Daréme muerte.

MARIENE [*Dentro.*] ¡Detente, 3025
señor!

TETRARCA [Mas] ¿qué voz escucho?

OTAVIANO [*Dentro.*] Advierte.

MARIENE Yo he de matarme,
antes que el intento tuyo
logres.

Sale huyendo y ve al Tetrarca.

Mas ¿qué es lo que veo?

OTAVIANO Pues yo...¿Qué es lo que [vislumbro?] 3030

MARIENE ¡Esposo, señor!

TETRARCA [*Ap*] (Turbado

3015-3016 "Tarde...tarde." Epanadiplosis; "y bien" (M3), por "tarde" (EP). La reduplicación de la príncipe es superada por la variante.

3019-3025 La tendencia morbosa del Tetrarca al suicidio se revela aquí. Supone que es mejor la muerte que la deshonra. 3021 Paradoja.

3026 "Mas." Falta en la príncipe, variante necesaria para completar el octosílabo.

3030 "vislumbro?," por "escucho" (EP). El sentido del diálogo requiere un verbo que indique acción de ver y que rime en asonante (romance en ú—o). La palabra "vislumbro" aparece recomendada por Díaz-Rengifo en su *Poética* (345).

he quedado.)
OTAVIANO [*Ap.*] (Yo confuso.)
MARIENE [*Ap.*] (Yo confusa y yo turbada.
Entre dos peligros juntos,
entre dos muertes vecinas 3035
estoy; pues huyendo de uno
doy en otro, y ya no sé
cuál dejo ni cuál procuro,
cuál pierdo, cuál solicito,
cuál hallo, al fin, ni cuál busco, 3040
pues siempre tengo peligro
cuando paro y cuando huyo.)
TETRARCA Pues no temas, que a tu honor
este pecho, será muro.
OTAVIANO No temas, que [de] tu vida 3045
este pecho será escudo.
TETRARCA Cumple pues lo que prometes.
OTAVIANO Así verás si lo cumplo.

Saca la espada.

MARIENE [*Ap.*] (¡Ay de mí! Para salir
hoy de duelo tan injusto, 3050

3034-3036 Mariene vuelve a verse entre dos peligros, el amante que la porfía y el marido celoso.

3038-3040 "cuál...cuál..." Anáforas. Dos de ellas precedidas por la conjunción negativa *ni*.

3043-3044 Aquí ocurre la peripecia. El Tetrarca decide defender a su esposa de los avances de Otaviano, ya que aquélla trata de salvar su honor, huyendo del poderoso. Este cambio de actitud conduce a un desenlace inesperado. Véase el *Arte* de Lope de Vega (vv. 234-239).

3045 "de" (M3, VT), por "ya" (EP).

3049-3051 Mariene trata de evitar el duelo, pues no desea la muerte de su marido, y en el caso de que éste saliera vencedor, ello acarrearía el castigo de los dos esposos judíos. Irónicamente al apagar la luz prepara su luctuoso fin.

he de apagar esta luz.)

Anda[n] a cuchilladas [y mata la luz.]

TETRARCA ¿Adónde, César perjuro
estás?
OTAVIANO ¿Adónde tirano
te ocultas?
TETRARCA Yo no me oculto.
Búscame.
MARIENE ¡Valedme cielos! 3055
TETRARCA No te hallo, aunque te busco.
La espada perdí. No importa.
Con este puñal agudo
muere a mis manos.

Tópala, dala y cae en el suelo

MARIENE ¡Ay triste!
¡Yo soy muerta! ¡Dioses justos 3060
tened piedad, si sois dioses!
OTAVIANO ¿Qué es lo que oigo?
TETRARCA ¿Qué escucho?

Sale toda la compañía.

SIRENE Llegad presto, llegad todos.
ARISTÓBOLO ¿Qué es esto?
TETRARCA ¡Yo me confundo
con esto! ¿Qué es lo que he hecho? 3065
ARISTÓBOLO ¡Oh, aleve!
OTAVIANO ¡Oh, fiero, oh perjuro!
ARISTÓBOLO ¡La mayor belleza has muerto!

3066-3068 Las exclamaciones subraya el fúnebre acontecimiento.

OTAVIANO ¡Eclipsado al sol más puro!
TETRARCA Yo no la he dado la muerte.
OTAVIANO Pues, ¿quién?
TETRARCA El destino suyo, 3070
pues que, muriendo a mis celos,
—que ellos fueron los verdugos—
vino a morir a las manos
del mayor monstruo del mundo.
OTAVIANO ¡Matadle!
TETRARCA No hay para qué 3075
solicitud a ninguno
le deba aquesta venganza,
que no ha de costar estudio
mi muerte, pues que yo mismo
vengarme de mí procuro, 3080
de esta torre despeñado.
El mar será mi sepulcro,
porque los celos se acaben,
viéndome en el mar profundo,
que ellos fueron solamente 3085
el mayor monstruo del mundo. *Vase.*
OTAVIANO ¡Seguidle todos, seguidle!
TOLOMEO Desesperado y confuso
se echó al mar.
OTAVIANO Retirad todos.
[Aquese] cielo caduco 3090
[donde sea] un monumento

3070-3074 El Tetrarca acusa a los hados de lo ocurrido.

3079-3086 El Tetrarca halla su vida insoportable ante el hecho de haber muerto a lo que más quería y se arroja al mar proclamando que el mayor monstruo del mundo son los celos.

3087 Epanadiplosis.

3090-3096 Otaviano acepta lo inevitable y expresa que los celos son el mayor monstruo del mundo.

3090 "Aquese" por "A que esse" (EP).

3091 "donde sea," por "sea donde" (EP).

para los siglos futuros,
desengaño, de que son,
o ya justos, o ya injustos
los celos—dígalo yo— 3095
el mayor monstruo del mundo.

Índice alfabético de materias*

* Se ha hecho una selección de nombres, temas, títulos, frases y procedimientos estilísticos pertinentes para el estudio de este drama trágico.

Roma

Octaviano

Jerusalem

Tetrarca

married

siblings

Mariene - Aristóbolo

Malacuca

parecer
retrato

ser
Mariene

celos
espejo

verdad
significado

representación
símbolo